徳間文庫

番神の梅

藤原緋沙子

徳間書店

目次

第一章

海はうねりを上げて、岬に波浪を打ち上げている。

手前に見える浜は白一色。昨夜降った雪が砂浜を覆い尽くしていて人影も無い。

一見人跡未踏の海岸かと思いきや、ここは桑名《くわな》藩の飛び地である柏崎番神《かしわざきばんじん》岬の海岸だ。

浜からは切り立った十丈ほどの崖《がけ》があるが、その崖の上には、こんな場所には不釣り合いなほどの堅牢《けんろう》な堂が建っている。

日蓮《にちれん》上人ゆかりの、番神堂だ。

文永十一年（一二七四）佐渡《さど》に流されていた日蓮上人が御赦免となり、佐渡から寺《てら》泊《どまり》に向かう途中時化《しけ》に遭い、この番神岬に漂着した。

日蓮上人はこれを神に感謝し、八幡大菩薩《はちまんだいぼさつ》を中心に二十九の神々を合祀《ごうし》したのがこの番神堂の始まりで、以後柏崎の人々の信仰を集めている。

むろん桑名藩の柏崎陣屋の人たちにとっても、ここははるか遠い故郷桑名の海を想起させてくれる特別な場所になっている。

それというのも、柏崎陣屋詰は、

——桑名藩の島流し——

とひそかに噂《うわさ》される僻遠《へきえん》の地での勤めと考えられていたからだ。

柏崎陣屋詰を命じられた者は、おそらく二度と桑名に帰還することはない。つまりあの、甲府勤番《きんばん》と同じ意味合いで語られているのである。

この日の番神堂は、怒濤《どとう》のごとく襲って来る海鳴りと、渦を巻きながら吹きすさぶ強風に、雪を鎧《よろい》のごとくまとったまま、黙然として時の過ぎるのを待っている。

境内《けいだい》には崖に沿った庭に樹木が植えられているのだが、この樹木もまた、葉の落ちた枝に雪を積もらせ、弓のようにしなりにしなって雪が落ちるのをひたすら待って耐えているように見える。

と崖下の浜から一陣の風が舞い上がって来たその刹那《せつな》、どさりっという雪の落下す

る音がして、

「チッ」

小鳥が声を上げ、雪が落ちた茂みの中から飛び立った。

その時だった。雪を踏みしめる足音がして、老夫婦が現れた。

二人とも蓑《みの》を着て猪《いのしし》のように体を膨《ふく》らませ、手拭いで頬被《ほおかぶ》りした頭に更に蓑の笠をつけ、藁《わら》の雪靴を履いている。

爺さんの手には竹の熊手が、そして婆さんの手には竹の箒《ほうき》が握られていて、それを杖《つえ》にし、雪を払いのけ、よっこらよっこら、とでもいうように白い息を吐き、一足一足雪を踏みしめてやって来る。

やがて、一本の木の前で立ち止まった。

二人の背丈よりも、ずっと背の高い木のようだが、雪の重みで枝が垂れ、爺さん婆さんの背丈と同じぐらいになっている。

「良かった、折れてねえな……」

爺さんは、その木の枝を眺め回すと、婆さんとほっとした顔で見合わせた。

そして、持って来た熊手と箒を使って、木の枝を折らぬよう、てんでに雪を払い落とし始めた。

二人はこの番神堂の境内の片隅にある小さな家で暮らしている堂守の夫婦である。夫は粂蔵《くめぞう》と言い、妻はおくらと言うのだが、春から秋にかけては、境内に茶店を出し、参拝客に名物の番神団子とお茶を出し、それを暮らしの糧《かて》としている。

赤ら顔をして骨ばった体つきの背の低い粂蔵と、色白のふっくらとしたおくら。二人は、慎重に木の枝の雪を払い落とすと、今度は一枝一枝を手前に引き寄せ、丹念に枝を確かめた。

だが期待が外れたのか、婆さんはため息をついて爺さんに言った。

「やっぱり、花芽はついてねえな。陣屋のお紀久《きく》さまが、きっと今年もがっかりしなさる」

「仕方がねえ。こんな崖っぷちの、風の強いところに植えたんだ。それにこの梅の木は、桑名からはるばるやって来たものだ。この地に慣れてねえんだから……」

粂蔵は慰めるように呟《つぶや》いた。

「だけどもここに、お紀久さまと鉄之助《てつのすけ》さまご夫婦が、この木を植えてもう三年だろ。梅の実はともかく、花一輪咲いてもよさそうなものじゃないか」

「婆さんや、桃栗三年柿八年、梅はすいすい十三年、ていうじゃねえか。辛抱だよ、辛抱。辛抱して待つしかねえんだ」

粂蔵爺さんは諦め顔で引き返して行った。

おくら婆さんは諦めきれない。爺さんの背をちらりと見送ると、梅に手を合わせた。

「無理はいわねえ、一輪でいいんだ。お紀久さまのために咲いてやっておくれでないかい……梅の花が咲いたら望みがかなえられるかもしれない、桑名に帰れるかもしれない……お紀久さまはそのようにおっしゃってな。おらたちにとっちゃあ寂しいことだが、このままだとお紀久さまは病気になっちまうかもしれねえんだ。おらたちは、それが案じられてならねえんだ……」

婆さんは独りごちると天を仰いだ。空は薄鼠《うすねず》色をしてどんよりと重たい。この時節、柏崎の空が晴れることはない。

轟々《ごうごう》とおしよせる海鳴りと虎落《もがり》鳴く強風を耳朶《じだ》にとらえながら、婆さんは柏崎の宿場町がある方角を眺めた。

宿場町も雪に覆われていた。どこに人家の屋根があり、どこに道が通っているのやら、判別はつきかねる。

気候がよければ、この番神から宿場町まで女の足でも四半刻《しはんとき》もかからない。

だが今日は、宿場町ははるか遠くに見えた。

――これじゃあお紀久さまも、ここにお参りにはこられねえな。陣屋の辺りも雪に閉じこめられているべ……。

おくら婆さんが言う陣屋とは、桑名藩の飛び地を治める柏崎陣屋のことである。

そしてお紀久さまというのは、柏崎陣屋の勘定人をしている渡部《わたなべ》鉄之助という侍の内儀《ないぎ》のことだ。

天保十年（一八三九）の正月、桑名からこの柏崎陣屋詰を命じられた鉄之助が、内儀の紀久を伴って陣屋で暮らすようになったのは夏も盛りになった六月十二日。

番神堂に二人でやって来たのはその月のうちのこと、その日は良く晴れた日で、海は凪《な》ぎ、水は青く、きらきらと太陽に輝いて、佐渡の島もくっきりと見えた。

番神の岬には白い鳥が無数飛び交い、手前の岸には深い緑の松林がある。

二人は、番神堂から見渡せるこれらの風景に心奪われたらしく、長い間肩を並べて眺めていたが、やがて茶店を出していた粂蔵とおくらに話しかけて来た。

「私たちがこれまで暮らしてきた桑名も海がすぐそばなのですよ」

紀久はお茶を飲みながらそんなことを言い、桑名を忘れないように梅の苗木を持参してきているのだと話してくれた。

艶《つや》のある肌に薄化粧を施して、紅もつつましやかに引いている。いかにも柏崎陣屋のお役人のお内儀といった風情だが、人懐っこそうな優しげな人だった。

そして亭主の渡部鉄之助と名乗った侍は中肉中背、少し硬い感じがあるにはあったが、その瞳の奥からは時折、柔和《にゅうわ》な眼差《まなざ》しを送ってくる。

粂蔵もおくらも、随分昔からの知己のような気分になって頷《うなず》いた。

紀久は、粂蔵とおくらを交互に見ながら、微笑《ほほえ》んで言った。

「苗木は二本持って参りました。陣屋に植えてみようと思っています」

その苗木は、舅《しゅうと》の渡部久太夫《きゅうだゆう》が庭で育てていたもので、三尺ほどに伸びていたものを、少し短くして持参したのだと説明した。

「ご新造さま」

粂蔵爺さんは即座に紀久に乞うた。

「昨年、この番神堂にあった、たった一本の梅の古木が枯れやして、新しい苗木を探していたところでございやす。二本のうちの一本を、この番神堂にお譲りいただけませんか……桑名からはるばるやって来た梅がここで育っていると知れば、参拝客も喜んでくれるに違いありやせん」

紀久は即座に快諾してくれた。

それが番神堂と紀久との縁だが、紀久が陣屋に植えた苗木はその年の夏のうちに枯れてしまって、番神堂の梅だけが根付いたのだった。

紀久は、それもあってか、たびたび番神堂にやって来て、梅の生育を確かめるようになった。

どうやら紀久は、梅の花の咲くのを待ち望んでいる風だった。

だが、梅の木は背は伸ばしても、花を咲かせることはなかった。

すると紀久は、ますます梅が花を付けることに固執していくようだった。それは、この不慣れな地での生き甲斐《がい》のようにも見えた。

ところが、昨年末も、この正月も、そして如月《きさらぎ》が過ぎようとしているこの日まで、紀久は番神堂に顔を見せてはいないのだ。

昨年師走《しわす》より続く天候の不順が紀久の足を拒んでいるのかもしれないが、蕾《つぼみ》を確かめる頃だけではなくて、たびたび番神堂に姿を見せて、

「来年こそは咲くわよね、おくらさん……」

そんな言葉をもらしていた紀久が、おくらは案じられてならないのだ。

――あのご様子では……。

陣屋の暮らしも大変に違いないと、武家の暮らしなど分からぬ粂蔵とおくらも、紀久の気持ちを思いやるようになっていた。

――何もなければええんだが……。

おくら婆さんは、もう一度陣屋のある鵜川《うかわ》一帯に視線を投げた。

その鵜川、婆さんの案じている通り、両岸も野や畑も、雪に覆われていた。鵜川に架かる大橋も、雪でできた橋かと見紛うほどの降雪だ。

この橋の名は、鵜川橋とか大橋とか呼ばれているが、この橋が繋《つな》ぐ東西に走る街道は北国《ほっこく》街道と言い、橋の東側に広がる宿場町は、佐渡の御用金輸送路としても知られている。

冬場を除けば、宿場は陣屋町として大変な賑《にぎ》わいをみせているのだが、この日は、人ひとり通れるほどの、踏み固められた雪道が街道筋に見えるばかりだ。

と、橋の西袂《にしたもと》から街道の雪道に、一匹の赤犬が姿を現した。犬はこの橋の袂に巣くう野良犬だった。

赤犬は腹を空《す》かせて這《は》い出て来たのだ。四肢を踏ん張って辺りを見渡すと、肉の削《そ》げ落ちた体を一度大きく震わせてから、街道筋を西に向かい、やがて大きな黒門をくぐって坂に出来た雪の道を上り始めた。

橋の西袂からおよそ十四、五町離れたこの坂の上の高台には、柏崎二百二十一か村を支配する桑名藩の「柏崎陣屋」がある。

桑名藩の現当主は松平定猷《さだみち》、三代前の藩主は寛政の改革を行った白河藩主松平定信《さだのぶ》だ。

白河藩が桑名藩に転封《てんぽう》したのは文政六年、定信の長子定永《さだなが》の時代だが、松平家は白河時代から飛び地として領してきた柏崎のこの地を、そのまま桑名藩の飛び地として治めることを許されたのだった。

その背景には、隠居したとはいえ定信の力が隠然としてあったということだろう。定信こと楽翁《らくおう》が死去したのは、桑名に転封後七年目のことだが、以後もこの地の統治は続いていて、柏崎陣屋が領する土地は六万石（実質八万石余）。本藩桑名の総石高十一万石（実質十四万二千石）の半分以上を占めている。

また、桑名藩の領地以外にも五万石余の幕府の領地も預かっており、陣屋は実質十三万石余の土地を治めている。

柏崎が桑名藩にとっていかに重要な地であったか知れようというものだ。

まもなくのこと、赤犬は陣屋の御門前に立って体をぶるっぶるっと震わせた。

陣屋は高台に築いた土塁の上に塀をめぐらしていて、その敷地は東西に百間《けん》、南北に九十間、総坪数九千坪。

そこにおよそ、六十人前後の陣屋役人が長屋を連ねて暮らしている。

十三万石余の土地を統治しているのが六十人の役人だということだ。年貢を滞《とどこお》りなく納めさせ、一方で百姓町人の暮らしに目を配っているのが、僅《わず》か六十人の役人なのだ。

一万石の大名でも百人から百五十人の家臣がいることを考えれば陣屋役人六十人の肩にかかっている荷の重さは計り知れない。

そして、その役人を縁の下から支えているのが家族だが、その家族の人数も入れると、陣屋の住人はおよそ二百人ほどになる。

野良犬が餌を狙ってやって来るのも頷けるというものだ。

粂蔵とおくら夫婦の口に上った渡部鉄之助と紀久夫婦も、この陣屋の住人だった。

城の無い国で、陣屋は、町の人たちからみれば尊威の象徴として映っていて、陣屋内の武士の暮らしも羨望《せんぼう》の目でみている訳だが、陣屋に詰めている当の武士たちにとっては、払うことの出来ない抑鬱《よくうつ》したものがあった。

ここは、桑名藩から島流しにされた所だ。温暖な桑名とは違う厳しい自然の、この陣屋内で一生息苦しい日々を過ごさねばならないのだ。

藩士の間で嫌厭《けんえん》されていた陣屋詰の役人の苦悩は地元の人たちに分かる筈《はず》もない。

「クイーン……」

って行った。
赤犬は、鼻でひと鳴きして門番のいないのを見届けると、そっと陣屋の御門内に入
すると正面に御役所の建物が威厳のある姿を見せた。その御役所を囲むように、右
側にも左側にも、外塀に沿って役人が住む長屋が見える。
いずれの建物や長屋の廻《まわ》りにも、冬の間は暴風を防ぐ柵を設けていて物々しい。
赤犬は御役所を真ん前に見て、右に行こうか左に行こうかと考えていたが、やがて
右手に向かって歩き始めた。
右手の奥で、幼い女の子の声が聞こえてきたからだった。
果たして、中間《ちゅうげん》部屋の建物と代官が詰める刈羽《かりわ》会所の建物の間を抜けると、炭小
屋の向かいにある三軒続きの長屋の前で、四歳になるかならぬかと思われる幼い女の
子が、背中に人形をおぶって雪団子を作っていた。
赤犬は、炭小屋の前で立ち止まった。
「あっ、わんわん」
赤犬に気づいた幼い女の子が、雪団子を手に持ったまま立ち上がったその時、炭小
屋の屋根から、赤犬の背中目指して雪がなだれ落ちてきた。
「キャン、キャン、キャン、キャン！」

雪を被った赤犬は悲鳴を上げて、大門の外に走り出て行った。

「お八重《やえ》ちゃ、危なかったじゃないか。さあ、お家に入ろう」

女の子を抱き上げたのは、向かいの家に住む竹中連八郎《たけなかれんぱちろう》の母親で、陣内では〝おばさ〟と呼ばれている世話焼きの初老の女で、名を伝《でん》という。

「おばさ、氷、氷が欲ちいよう」

八重は、おばさの伝にだっこされたまま、足をばたばたさせ、軒にぶら下がっている氷柱《つらら》に手を伸ばした。

「駄目駄目、お八重ちゃは、この間氷を食べすぎてお腹こわしたってかかさまから聞きましたぞ。さあさ、お家の中に入りましょうぞ。野良犬にでも噛《か》まれたら大変だ」

おばさの伝は、お八重を抱いて、家の中に入った。

刹那、奥の座敷から笑いが聞こえて来た。

座敷には、この家の主である渡部鉄之助を囲んで、三人の武士と中間が一人、陣屋の内儀二人の姿が見える。

鉄之助が手紙を広げて、集まった者たちに読んで聞かせているのだった。

「お父上どのも痔《じ》でお困りとは、いやはや、難儀難儀、鉄之助さ、その先を読んでくれ」

手を叩《たた》いて笑ったのは、鉄之助と同役の勘定人、栗本作助《くりもとさくすけ》という男だった。

栗本は鉄之助より早く、天保八年にこの陣屋の住人になっている。

石高は十二石三人扶持《ぶち》、鉄之助の八石二人扶持に比べると格段の差があり、陣屋の中では代官職に見合う石高だが、今は鉄之助と同じ勘定人である。

勘定人という役職は、この陣屋では中堅といったところで、勘定の仕事に加えて検《け》見《み》や郷まわりもあるから、陣屋が担う重要な仕事は、この勘定人が背負っていると言っても過言ではない。

「静かに静かに……」

もう一人の武士が皆のざわめきを制した。

こちらは眼鏡をかけた初老の男で、この陣屋勤番になって三十余年になる山本軍兵衛《やまもとぐんべえ》という。もはや桑名に帰ることなど諦めた御仁《ごじん》である。

鉄之助は、ひとつ咳払《せきばら》いをすると、手紙の続きを読み始めた。

「御蔵へ出る時痔が出ぬように買い物をして、割りふんどしして、しっかりしめあげ、出《い》でそうらえども、帰りはそれでも痔が出て難儀いたす……」

「まったくもって気の毒気の毒……」

誰かが声を上げ、皆また爆笑する。

「桑名でもここでも痔を治す医者はおらぬものかな……」

もう一人の武士が言った。

鉄之助が読んでいるのは、桑名藩の御蔵に勤める父親の久太夫から送られてきた日記である。

鉄之助が天保十年にこの地の勤番となった時、鉄之助と紀久の間には四歳になる長男鐐之進《りょうのしん》と生まれたばかりの八重がいた。

首もすわらぬ八重は連れて行くとして、鐐之進をどうするのか……柏崎に連れて行くべきか否か……当時一家は額を寄せ合い悩んだ。

結局桑名に置いて、両親の久太夫とおまつ夫婦が面倒を見ることになったのは、渡部家の将来を考えてのことだった。

久太夫は渡部家を、島流しになった倅《せがれ》の鉄之助ではなく、孫の鐐之進に託そうと決めたのだった。

母の乳房をついこの間までしゃぶっていた鐐之進を、舅と姑《しゅうとめ》に託して行くのは、紀久にとっては耐え難いことだったが、久太夫の意に従った。

そのかわり、互いに日常の暮らしを逐一日記に書き記して送りあえば、お互いの暮らし向きも、むろん鐐之進の成長も分かるだろう。久太夫と鉄之助の日記の交換は、そういうことで始まったのだ。

　だから久太夫の日記の大半は、孫の鐐之進の成長振りが記されているのだが、同時に、桑名本藩の同僚の動向や藩政の推移なども書いてあり、近頃では鉄之助のところに桑名から手紙が届くと、陣屋の仲間たちが大勢集まってくるようになったのだ。

　いつもなら夜の食後のひとときが手紙読みの時間となるのだが、この日は鉄之助の勤務が本番（明けの六ツ半〈朝七時〉過ぎに出て九ツ〈正午〉過ぎには帰宅）だったことから、昼食を終わった時分から人が集まり、つい先ごろ手紙の披露を始めたところだ。

「おばさ、すみません」

　八重を抱いて入って来たおばさの伝に、紀久は頭を下げた。紀久は客に茶を淹《い》れているところだったが、大きな腹が紀久の動作を緩慢にしているように見えた。

「聞かせてもらいますよ、お紀久さ」

　伝は言い、茶の間に上がって、炬燵《こたつ》の中に八重の体を押し込んだが、すぐに台所に行き、紀久の手から鉄瓶《てつびん》を取り上げた。

「おばさに任せなさい」

「すみません……」

陣屋で暮らしはじめてまもなく、おばさは紀久の遠縁の者だということが分かり、鉄之助と紀久は何かと世話になっている。

「いいのよ、遠慮しなさんな。それよりお紀久さ、体を冷やしたらいけませんよ」

伝は、ちらと紀久の大きくなった腹を見、それから紀久の粗末な身なりに目を留めた。

紀久は、武士の妻とは思えぬ粗末な物をまとっている。

綿入れは綿入れでも、夫の鉄之助が着古した木綿の男縞《おとこじま》の着物である。鉄之助が御役所に着て行っていた物で、生地が弱り、染や織の傷みもひどく、体面を考えて着るのを止《や》めた代物だ。

それを紀久は仕立て直して着ているのだが、裾のあたりは既に傷みがひどく、入れた綿がはみ出ている。生地にもう張りはなく、よれよれだった。

そして帯はというと、嫁入りの時に持参した黒繻子《くろじゅす》の帯を、この八年ずっと締めてきたものだから、帯地は傷み、ひびが縦横に走っているのが分かる。

しかも紀久は、白粉《おしろい》も紅もしていない。白粉も紅も買う余裕がないのだ。荒れた肌と、艶のない顔色は、二十七歳の紀久が十歳も二十歳も老けて見える。女として一番美しく輝く時に、その有様は痛々しく映る。

おばさは、手を差し伸べてやりたくても、これはかりは出来ないのであった。

おばさの家も、連八郎という倅が郷手代格というお役目で、鉄之助たち勘定人の手助けをしているのだが、石高は六石二人扶持。鉄之助より低い禄《ろく》だ。

ただ竹中家が、渡部家よりはるかにゆとりのある暮らしが出来るのは、桑名からやって来た者ではなくて、この柏崎に三代も前から居ついた者だからだ。

長い年月をかけて地元の百姓町人との繋がりも深く、それがなにがしかの収入に繋がっているのは間違いなかった。

しかもおばさは働き者で、役宅の二階で蚕《かいこ》を飼い、糸を紡ぎ、機《はた》を織り、それを金に換えている。

おばさの家が渡部家より石高は低くても、はるかに裕福なのは、長年ここに暮らしてきた知恵がなせる業《わざ》なのだ。

とはいえおばさは、渡部家の家計まで手助けできるわけもない。暮らしが厳しいのは、何も鉄之助の家ばかりではないからだ。

おばさは、紀久の着物から視線を外すと、紀久の手をとって言った。

「いいかい、お紀久さ、せめてしっかり栄養をとらなくては、元気なお子は生まれませんからね」

おばさは、袂に入れて来た包を紀久の膝前に置いた。

「おやきですよ、後でしっかり食べて」

おばさは、にこりと笑って促した。

すると、八重が素早く手を伸ばしてきた。

「お八重！」

めっと睨《にら》んだ紀久に、

「いいんですよ、お腹を空かしているんだから、お八重ちゃは、おやきが大好きだもものね、お食べなさい」

おばさはお八重の頭をなでると、お紀久を促し、座敷へお茶を運んで行った。おばさにとっては、この家は勝手知ったる家というところか。

紀久とおばさは、内儀たちかか衆が座っている側から皆にお茶を差し出すと、鉄之助の手紙読みに耳を傾けた。

「正月六日、天気。鐐今朝も白砂糖の湯を呑《の》み、おじいさ餅《もち》のやけたのを一つくんなへというて、ひとりでふぶき餅を一つこしろうて食う。雑煮を半切れ食うて遊びに出る。七日、昼前雨降り、昼より曇り。鐐に、昨日買うてきた紙にて凧《たこ》をこしらえてくれといぢりぬかれ、天気悪けれど、うらうちして、麻糸を入れ、へりを取り、紋を書き、ようやく黒く塗ってしまう……」

鉄之助は、久太夫が長々と記した、孫の鐐之進が毎日凧上げに夢中になっている話を読んでいく。

手紙の中で鐐之進は「おじいさ」と呼ぶ久太夫に甘えて、凧を作れとねだってみたり、雨が降っても凧を揚げたいと困らせたり、疲れて凧を抱いて眠ったりと、祖父を右往左往させ、凧揚げに夢中のようだ。

じっと俯《うつむ》いて舅の日記を聞いている紀久には、その様子を想像するしかなく、胸が苦しくなる。

――鐐之進……。

わが子と別れて三年、その歳月の重みに、紀久は別れた時の鐐之進の姿を思い起こして目頭を熱くする。

おばさは、お紀久の膝の上の手をぎゅっと握って頷いた。その時だった。

「おう、お役替えがあったようだ」

鉄之助が突然大きな声を上げた。

「お役替えだと……鉄之助さ、早く聞かせてくれ」

栗本が急《せ》かす。鉄之助は久太夫が知らせて来た藩士のお役替えを読み上げた。

「大手御馬廻りに、平尾金右衛門《ひらおきんえもん》。三百疋《びき》下され、御馬廻りに帰役、松田作之助《まつださくのすけ》。御書院番に須田四郎《すだしろう》。親源治《げんじ》、高年につき養老として年々銀三枚ずつ下される、南条《なんじょう》源五左衛門《げんござえもん》……」

順々に読み上げるお役替えに、自身は関係ないな、この陣屋から出られるという知らせがある訳がない……そう思いながらも皆興味津々の顔だ。

「んっ」

鉄之助が言葉を詰まらせた。

「いかがした」

山本軍兵衛が素早く訊《き》いた。

「品川十四郎《しながわじゅうしろう》が、ここにやって来る」

鉄之助の顔は強張《こわば》っている。

「品川？」

「はい、桑名では私の友人でした。その品川が……」

いったん言葉を詰まらせるが、

「品川十四郎、柏崎詰勘定人御本知公事方《くじかた》掛かり仰せ付けられ候《そうろう》……」

読み上げながら鉄之助の気持ちは沈んでいく。

自分の無二の親友だったあの品川までがここにやって来ることになるとは……鉄之助にとってはこれほど心強いことはないのだが、品川の心中を察すれば喜んではいられなかった。

——また一人島流しか……。

誰の胸にもそれがある。

山本軍兵衛が、皆の沈んだ気持ちを蹴散《けち》らすように言った。

「いや、心強いことではないか。お仲間がまた一人増えるのだ。鉄之助さ、品川殿に不自由がないよう、しかと迎えてやることだ。品川殿が参られたら、われらで盛大に歓迎してやろうじゃないか」

第二章

紀久が綿の糸を紡いでいる。紡ぎながら、桑名の手紙の文面を胸の中でなぞっている。

――十八日、鐐之進厠揚げ天気じゃとてはやく起き、おばばが今日月代剃《さかやきそ》ってやろうというたれば、あい、あい、と返事はしたけれど、また心変わりして、おじいさに剃ってもらいたい、おばばけしを悪くするなどと言う故剃ってやる。剃ってやると鏡見て大喜びなり……。

――二十三日、天気、暖かなり、鐐之進に月代剃ってやり、新屋敷にお年始に連れて行く。裃《かみしも》を着て、よき大小を差させ、白足袋《しろたび》にぼんぼん下駄にて行く。大小も苦もせず歩く。その姿愛らしくも頼もしくもあり、嬉しや。新屋敷の皆々様も、鐐の姿にお喜びなり……。

「…………」

新屋敷というのは紀久の実家のことである。そこに鐐之進が年始に出かけて行った様子が記されているのであった。

紀久は、糸を紡ぐ手を止めて、袖で涙を拭った。

夫の鉄之助は出かけていて留守だし、八重は隣家のおばさの家に行っている。

「鐐之進……」

一緒に暮らしていれば、鐐之進の晴れ姿を、この目で見られた筈なのに、紀久の頭の中には、三年前に別れた時の鐐之進の顔しか思い浮かばないのだ。

——でも、新屋敷の母上が、鐐の晴れ姿を見てくださっている……。

そう思えば、気持ちもいくらかおさまって来る。

「お前の気持ちも分からない訳ではない。このわしだって鐐に会いたい。鐐をこの手に抱いてやりたい。だがな、そうして何時《いつ》までも泣いていては体に障る。お前は、まもなく、元気な子を産まねばならぬのだぞ」

今日の昼、勤めから帰って来た鉄之助が、紀久にこんこんと言った言葉である。

分かってはいても、紀久は手紙が届くたびに、数日手紙の文面に捉《とら》われて、何度も涙を流すのだ。

分かっているけど、どうすることも出来ないのだ。

糸を手にとった紀久の脳裏に、また手紙の文面が蘇《よみがえ》る。

――曇り、鐐之進起きるとすぐに、おじいさ手水《ちょうず》を使うと言うゆえ、塩を掌《てのひら》にのせてやると、歯を磨き、目につけ、うがいして洟《はな》をかみ、顔を洗う。なんでもおじいさとおんなじことするというなり……。

紀久は、一人笑いながら涙を拭く。

「ごめんくださいませ」

その時だった。

表の戸が開いて誰かが玄関の土間に入って来た。聞きなれない女の声だった。

慌てて寄り付きに出て行くと、

「渡部先生はいらっしゃいますか」

と訊く。

女は七、八歳の男の子を連れていた。

鉄之助は陣屋内で藩士の子弟の教育を任されている教官でもあったのだ。教えを乞う子弟は常に五十人前後いて、入学は一月と一応決まってはいるが、時には途中から入学を希望する子弟もいるのだった。

顔に覚えのない奥方に、紀久は一瞬戸惑ったが、すぐにあっとなって、

「これは、勘定奉行さまの奥さま」

あわてて寄り付きに手をついた。

陣屋の勘定奉行として先月桑名から赴任してきた三十三石を賜る佐々《さ さ》源大夫《げんだゆう》の妻だと分かったのだ。

源大夫は書院格と呼ばれる上士で、日頃の付き合いはなかったが、着任してきた折に一度だけ拝顔したことがあった。

「夫は出かけております。まもなく品川さまが赴任してまいりますゆえ、その準備で、本日は水甕《みずがめ》を求めにまいりました」

「そう……」

勘定奉行の妻は少し気持ちを削がれたような顔で頷《うなず》くと、家の中をちらりちらりと見渡した。

三十三石の勘定奉行の住む御長屋と、八石二人扶持の長屋では、部屋の数や広さに雲泥の差がある。

例えば鉄之助の長屋の間口は二間で入り口としては僅か三尺、一方勘定奉行のひとつ下の代官の場合でさえ、間口は五間で入り口は六尺ある。

部屋数はというと、鉄之助の長屋は一階が六畳二間と寄り付き三畳、それに台所が二畳、二階に畳の部屋と杪《ぼい》とこちらでは呼んでいる薪《まき》三百把《わ》ほど入る納戸があるのだが、代官ともなると、一階の部屋数だけで六間、畳数は三十七畳、二階と合わせると畳数は五十四畳だと聞いている。

　勘定奉行は代官の上役に当たる職だから、代官よりも広い家に住んでいるに違いない。

　陣屋の中とはいえ、身分の違いで住む家の広さも変わってくる。勘定奉行の妻も勘定人の家の中は初めて見たのか興味深そうな目で見渡していたが、今度はその視線を、紀久の身なりに留めた。

「！」

　紀久は思わず、傷んだ着物の裾を膝の下に押し込んだ。

　勘定奉行の妻は、利休鼠《りきゅうねず》の絹物の綿入れに茶の帯をきりりと締めている。

　紀久は、ちらとその姿を盗み見て俯いた。格の違いを目の当《まあ》たりにして、気持ちが塞《ふさ》いだ。

　桑名藩では藩士を三つの格付けに分けている。上士に当たる武士を書院格、下士に当たる者を舞台格、それ以下の者たちを無格としているのだ。

　書院格は家老以下四十八席の役職があり、陣屋の中では郡代、勘定頭、馬廻り、横目、勘定奉行がそれに当たる。そしてこの格の者たちは、ある一定の期間勤めれば、桑名に帰って行く人たちだ。

また、郡代だけは常駐していなかった。必要な時に桑名から出張して来るのである。だから陣屋を仕切っているのは、勘定頭とその下の役職である勘定奉行だった。紀久の夫の勘定人たちや、勘定人のひとつ上席にいる代官、そして勘定人の下役である郷手代などは舞台格。禄は十二石余から六石までの藩の中では下級武士だが、これが無格となると、郷使い（郷手代の下役）や番組（警備）という職務で、更に禄は低くなり、四石とか二石となる。

無格の者の多くは、住まいも陣屋内ではなく、陣屋の外にある最下級の者たちばかりが暮らす長屋があてがわれていた。

狭い陣屋社会の中でも、これだけの身分の差があったのだ。

「それでは、お帰りになりましたらお伝えいただけませんか？」

勘定奉行の妻は、柔らかな笑みを作ると、連れて来た男児の肩に手を置いて紀久に告げた。

「倅の与一郎《よいちろう》と申します。すぐに陣屋の学問所にやりたいと思ったのですが人見知りが強くて……それで入学の前に渡部先生に特別にみていただけないものかと存じまして、そのお願いに参ったのです」

与一郎という倅はもじもじしている。

「承知いたしました。帰宅いたしましたら伝えます」

紀久は丁寧に応えた。

勘定奉行の妻は倅を促し、紀久に軽い会釈を残すと帰って行った。

「………」

紀久は二人を見送ったあとも、しばらくその場に座っていた。

夫の鉄之助も舅の久太夫も、共に片山《かたやま》家という学者肌の家から渡部家に養子に入った人である。

その片山家は、桑名藩校『立教館』で教授を務めており、鉄之助に陣屋の子弟の教育を託されているのも、そういった学者肌の片山家の出自だという背景があってのことだ。

ただ、陣屋の子弟の教育に生真面目に尽くしている鉄之助を見るにつけ、

――我が子の鐐之進の教育は、あの孫に甘いおじいさで大丈夫なのだろうか……。

紀久の心配は、また桑名の鐐之進の身に飛ぶのであった。

鉄之助が帰宅したのは七ツ（午後四時）過ぎ、紀久が夕食の準備を始めたところだ

った。

「何をしているのだ。今日は女振る舞いが江崎《えざき》どののところであるのではないのか。門の近くで江崎のかか衆に会ったんだが、かか衆は、少しの時間でもよろしいから、お顔をお出し下さい……そう言っておったぞ」

鉄之助は家の中に入って来るなり紀久に言った。声音は咎《とが》めの色を帯びている。

「………」

紀久は黙って干し大根を水で戻しておいたものを取り出して刻み始めた。味噌汁の具にするつもりだ。

この時節は、青物は全く手に入らない。また魚も海が荒れてとれず、食卓は具の無い味噌汁とたくあん漬けという日が多かった。

「紀久！」

鉄之助が、紀久の手元を覗《のぞ》き見ながら声を荒らげた。

紀久は振り向いた。

自分でも顔が強張っているのが分かった。

「わたくしは参りません」

きっぱりと紀久は言った。

「何……何故だ？」

紀久は答えなかった。

答えずに背を向けて台所の仕事にかかった。

この陣屋の中では、同役振る舞い、女振る舞い、子供振る舞いなどという宴会が、月に何度もある。

つまり寄り合って飲み食いする会なのだが、そんな振る舞いとは別に、勘定人仲間が検見に出かける時、無事に帰陣した時、仲間内の子供の髪置きや七五三、誕生日の祝い、更にそばを打った、茸《きのこ》をとった、いい魚が手に入った、何をした、かにをしたなどと、その度に声を掛け合い、飲食を共にする会はおびただしい。

加えて慶弔の時にも食事を出してもてなすから、食事を伴った集まりは頻繁《ひんぱん》にある。

問題は呼ばれたら呼び返さなければならず、渡部家にとっては、収入の多くの部分を、この付き合いの飲み食いに費やさねばならないのがつらかったのだ。

宴会が原因で、着るものにしろ、食べるものにしろ、貧窮な日常を余儀なくされているのである。

そのしわ寄せをもっとも受けているのは、着るものだった。

夫の鉄之助だけには恥ずかしい姿はさせられないと何とかつくろってはいるのだが、八重の着物や紀久の着物は古着を求めることすら出来なかった。

嫁入りの時に持参した外出着が一枚残っているだけで、後は単衣《ひとえ》が一枚、もう一枚あった着物は、傷みの少ないところをはぎ合わせて八重の着物に仕立て直している。

紀久は、着た切雀の暮らしだったのだ。

――たびたびの会食さえなければ、古着の一枚も買えるものを……。

紀久の不満はそこにあるのだ。何も贅沢《ぜいたく》をしたいなどと言っているのではない。せめて着替えの一枚も欲しい。

折々に鉄之助にはそれを訴え、かき口説いてはいるのだが、鉄之助は取り合ってくれない。

紀久の目には、鉄之助はしらんぷりをしているように見えるのだ。いや、分かっていても、どうしようもないのである。

ただ、そこまで身なりが粗末なのは、同役やひとつ職階が下の郷手代を見渡しても他になく、渡部家だけだった。

余所《よそ》の家はどこからか某《なにがし》かの余録が入ってくるのは間違いなかった。

勘定人も郷手代も、百姓と密着した仕事だ。年貢のことに直接関与しているだけに、百姓ばかりか、蔵米を払い下げる柏崎の商人たちとの繋がりもある。

賄賂《わいろ》とはいえないまでも百姓町人からの付け届けは、どこの家でも当然だという風潮があるというのに鉄之助ときたら、八石二人扶持の俸禄以外に手にするものは、教官の手当てが一両と、陣屋の皆も貰《もら》っている住居手当て一両だけで、一点のシミも許さない清廉の性を曲げようとはしない。

ところが住居費の一両さえも、飲み食いにまわさなければならない有様で、紀久の気持ちはやるせなさでいっぱいだ。

鉄之助は桑名本藩では最初下横目だった。横目の配下として藩士の監視監督をしていたのである。

柏崎陣屋の勘定人を拝命する直前には横目に昇進したが、いずれにしても四角四面のお役目で、今の清廉ぶりも分からぬこともない。だがそれならそれで、飲み食いへの出席を、もう少し控えてみてはと紀久は思うのである。

胸に溜《た》まる鬱憤《うっぷん》を晴らすところのない紀久は、ここの暮らしから脱したい、願うのはそればかりだった。

「紀久……お前が着物のことで悩んでいるのは分かっているが、しかしそれで良いのか……お前はかか衆たちの、のけ者になるのだぞ……お前だけじゃない、八重もそうだ、そしてこの私も……そういうことになったら、この陣屋での暮らしはいっそう辛《つら》くなる。それに、仕事にも差し障りがある」

「おまえさま」

紀久は、きっと振り返ると、鉄之助を見詰めて言った。

「女振る舞いに加わりたくても加われないことを、お分かりではございませんか……わたくし、これ以上みじめな思いをしたくありません」

「紀久……」

「陣屋内でのお付き合いも大切なことは良く分かっています。でも、あなたは、女振る舞いでどんな話が話題になっているか御存じないから、そのようなことをおっしゃるのです。私は、皆さまと席を並べて話を合わせることは出来ません。皆さまの話は、新しい着物を作った、何の野菜を買い込んでいる。こんな道具を買ったなどと、そんな自慢話ばかり……」

紀久の声は震えた。涙が溢《あふ》れた。

鉄之助は、むっとなった。

これまで従順で、どちらかといえば無口だった紀久が、意を決して刃向かうような言葉を並べたてたのだ。

――腹が大きいから……精神が不安になっているから。

そう思ってやるしかないのだが、鉄之助もまた、その胸の内は苦しかったのだ。

鉄之助は憮然《ぶぜん》として奥の座敷に入ると、刀掛けに刀を置いた。

しかし紀久の気持ちはおさまらなかった。涙を拭くと、訴えるように口走った。

「おまえさまより、石高の少ない郷役人の方のかか衆だって、私程の見苦しい形《なり》はしておりません」

「お前は……！」

鉄之助はいったんおさめた腹の虫を忘れ、血相を変えて座敷の方から台所の方にやって来ると、

「何を口走っているのか分かっているのか。口が過ぎるぞ！」

紀久を一喝した。

「鉄之助さ、それぐらいで許してやって下され」

なんとそこに、おばさが八重の手を引いて入って来た。

「お紀久さの体にさわっては一大事じゃ」

「おばさ……」

紀久は凍り付いた。夫婦の醜いやりとりを聞かれたと思った。

おばさは苦笑して、優しい顔で言った。

「いいのよ、お紀久さ、気にしなさんな。このおばさも、夫が生きていた時には、言い合いをしたもんです。ささ、お八重ちゃを返しますよ。お八重ちゃにはご飯食べさせましたからね。あっ、そうそう、今年も鱈《たら》の塩漬けしてみるといい。漁師の権蔵《ごんぞう》さんに頼んであるから、こちらの家の分もね」

おばさは、にこっとわらって帰って行った。

紀久は、八重を抱いてそこに座った。

恥ずかしい思いで胸は膨れ上がっている。

そんな母親の顔を、八重は不安そうな顔で覗いている。

「…………」

鉄之助は意を決したように紀久の側に来て腰を落とすと、ぐいっと紀久の手を握った。

「おまえさま……」

見上げた紀久に、鉄之助は言い聞かせた。

「そのうちに帰れる。それまでの辛抱だ」

第三章

「紀久、痛みはどうだ？」

鉄之助は背中におぶっている八重をおろして、紀久の側に寝かせながら尋ねた。

「ええ、ようやくおさまったようです。すみません」

起き上がろうとするのを、

「いいから寝ておれ。来月は子が生まれるんだ。無理はするな。八重は頃合いを見て、向かいのおばさに頼めばいい。おばさも引き受けてくれる筈だ」

鉄之助は言いながら、着物の乱れを直し、袴《はかま》をつけ、御役所に出かけて行った。

「…………」

紀久は八重を寝かしつけると半身を起こして家の中を見渡した。

五日ほど前から歯が痛み、肩や背中まで痛み始めて眠ることも出来ない日が続いている。

家の中の家事や八重の世話も出来る筈もなく、鉄之助が勤めの合間に家事をし、八重に食事をさせ、向かいのおばさに八重を頼み……と、一人で奮闘してくれているのである。

紀久の歯の痛みは尋常ではなく、陣屋の医者に診て貰ったが良くならず、一昨日は柏崎の町医者に来て貰った。

そしてその医者に、桂枝《けいし》五物湯《ごもっとう》とかいう煎《せん》じ薬を貰って飲んだところ、昨夜はようやく眠ることが出来たのだった。

今朝も鉄之助は紀久を起こさないように抜け出して、飯を炊き、汁をつくり、そうじをして、それで紀久を起こしたのである。

男の鉄之助には、家事や育児をしながらの勤めは堪《こた》える。だがもっと堪えるのは、ここに来てから紀久が病勝《やまいが》ちになり、多額の薬礼がいることだった。

そんな時でも陣屋内の宴会は間断なくある。紀久が臥《ふ》せっていても鉄之助は呼ばれれば出かけていかなければならない。断れないのだ。

紀久が痛みで唸《うな》っているこのたびも、鉄之助は紀久の体を案じながら三輪《みわ》という人の家に呼ばれて行った。

さすがに女房が病気では腰が落ち着かなかったのか、いつもなら四ツ（午後十時）

過ぎまで歓談してから帰宅するのだが、その夜は早々に帰宅して、桑名に送る日記をしたためた。

紀久はその日記を鉄之助が御役所に出かけた留守に読んでいる。

「三輪にて七ツ（午後四時）頃より参り候。客は七名。御馳走《ごちそう》は、刺身、大平《おおひら》、鉢肴《はちざかな》酢だこ、煮つけは肴にふきあしらい、おひたしなど七品ばかり、吸い物はふた通り、めしは後の吸い物青菜につみ入れ、小付めしなり。呼ばれて参るはよけれども、のち腹痛く何といたしたるものや……」

鉄之助も馳走に呼ばれるたびに、呼ばれれば呼び返さなければならぬという思いにさいなまれ、苦しんでいるのであった。

桑名から来た手紙も、こちらから送る手紙も、紀久は鉄之助の留守に読んでいる。鉄之助も了解していることだが、ただ鉄之助は、桑名から届いた手紙を紀久が何度も読みかえし、そのたびに涙を流すのには困惑しているようだった。

鉄之助は、桑名からの手紙を繰り返し繰り返し読む紀久の気持ちが分からない訳ではない。

だが、陣屋の暮らしは夫婦手を携えて乗り切らねばならず、だからこそ赴任してくる者は単身ではなく、皆家族を伴って来る。

単身で来る者は、勘定頭や馬廻りなど書院格の中にいるにはいるが、それは数年で桑名に戻れるという保証があるからだ。

舞台格の者たちには、それがない。まず桑名には帰れないと覚悟しておいた方が良いのだ。

紀久だってそれは分かっているのだが、決めつけたくなかったのだ。希望は希望として残しておきたかったのだ。

紀久は小さくため息をつくと立ち上がった。

台所に立って、冷えた汁を沸かそうと枝に火を付けた。竈《かまど》に火の走る様子を見詰めながら、鉄之助の日記の続きを思い出した。

「早春より毎晩どこかの客のなきことなし。どういう訳か。御時節がらけしからぬ事なり。娘とかみさんたちの振る舞いも始まり、これもかなりの肴そろい、酒は一升余も入り候よし。そうして踊りいたし候事也……」

女振る舞いも男振る舞いと同じように酒付きの宴会をやっていることに、鉄之助は不満をもらしているのだった。

とはいえ陣屋の者たちは、町に繰り出して飲食をする事を固く禁じられている。日常の買い物も、そうやすやすと町に出かけていってはいけないとされている。

外との世界と隔絶された暮らしの中で、宴会が行われるのは無理もないといえばそうなのだが、鉄之助と紀久夫婦は、度が過ぎるのではないかと考えているのである。

特にかか衆の振る舞いは、鉄之助が記している通り、酒が入り、うわさ話で鬱憤を晴らし、果ては着物の話や食べ物の備蓄ぶりを自慢する話に発展するのである。

紀久は耐えがたかった。話の仲間には入れなかった。

今年の正月も、雑煮に入れる青菜ひとつなかった渡部家だ。かか衆の自慢話を聞くのは憂鬱だったのだ。

「お八重、ご飯を食べましょうね」

起きだしてきた八重の手を引いて台所に向かおうとしたその時、

「ごめんくださいませ」

玄関に現れたのは、野菜や栗など季節の物を陣屋に売りに来るお信《のぶ》という女だった。

「あら、おめでたでございましたか」

お信は、紀久のお腹の大きいのに気付くと、大げさに目を丸くしてみせた。色が白く、目鼻立ちも整っていて、垢《あか》ぬけている女である。

「それはそれは、おめでとうございます」

お信は頭を下げた。

「ありがとうございます」

「番神のおくら婆さんが知ったら、ああそうだったのかと、きっと驚きます。いえね、お紀久さまがもう何か月もおいでにならねえ、どうしたんだろうって心配しておりましてね。それで、今朝番神にたちよりましたら、浜でぼうふうを採ったから、お紀久さまに届けてもらえねえかって私に……それであたしも、しばらくお顔を見てなかったから、おくら婆さんの頼みを引き受けてきたって訳なんです」

お信は言い、寄り付きの框《かまち》に腰を掛けると、竹籠《たけかご》を紀久の前に置いた。

「まあ、おいしそう……」

思わず紀久は呟いた。竹籠の中には、みずみずしい若いぼうふうが両掌でつかめぬほど入っていた。

「助かります。お八重も夫も喜びます。なにしろ昨年の暮れから青いものが無くて困っていたのです」

歯の痛みでこの一週間ろくろく食事もしていなかった紀久にとっては、なによりの御馳走だった。

ぼうふうとは、砂浜に生育するセリ科の菜のことで、この時期陣屋のかか衆はこぞって採りに行く。

いつもなら紀久も皆と一緒に行くのだが、今年は腹が大きくなって、まだ一度も浜に出かけていなかった。

「おくら婆さんもおかわりなく……」

紀久はお八重にご飯を食べさせながら、お信にお茶を淹れてやり、自分も久しぶりに熱いお茶を飲んだ。

「ええ、お元気ですよ。先月の大雪の時には、桑名生まれの梅の枝が折れちゃあ大変だって、二人して雪を落としたって言ってましたね」

「…………」

「梅の木は無事だった、お紀久さまには、そうお伝え下さいって……」

「すみません。お信さんにまでお手を煩《わずら》わせて」

「いいんですよ。実は私も、お紀久さまにお話がありまして……」

寂しそうな笑いを浮かべる。

「何でしょう……」

「ええ、もうこの陣屋に物を売りにくるのは止《よ》そうかなって思っていまして……」

「まあ……」

紀久は驚くと同時に、がっかりした。

「私、この陣屋の皆さまには、あんまり好かれていないから……お紀久さまだけは違ったけど、皆さん私が持参した品を、なかなか買ってくれなくて……」

「そう……私はお信さんが立ち寄ってくれるのを楽しみにしていたんですよ。だってお信さんは、世の中の面白い話を聞かせてくださいますから」

紀久はお信が、なぜ陣屋の女たちに嫌われているのか知らなかった。

「お紀久さまは、生田萬《いくたよろず》の乱を御存じですね」

突然お信は、紀久の疑問に答えるように言った。

「ええ、詳しくは存じませんが、私たちがここに移ってくる二年前に、この柏崎陣屋に徒党を組んで襲ってきた一団がいて、陣屋も火に包まれたと……」

その者達の首魁《しゅかい》だったのが生田萬という者だったと聞いたことはあったが、それ以上のことは紀久は知らなかった。

鉄之助が陣屋詰になった背景には、天保八年の『生田萬の乱』が原因だったようだと聞かされていたからだ。

乱によって陣屋の者が死傷したり降格したり、桑名に返されたりして、たくさんの陣屋の役人に異動があり、それで鉄之助にも陣屋詰の藩命が下ったのだと、紀久は鉄之助から聞いていた。

「実はわたし……生田家で女中をしていたんです」

お信は言った。

「生田家で……」

紀久は驚嘆した。

「ごめんなさい、驚かせて……」

「いいえ……」

「女中はもう一人いましたが、その人は、乱が鎮圧され、生田萬さまが自決し、お内儀さまの鎬《こう》さまがお子様二人と牢屋に入れられた時に、お子様方におやきをお届けしたことで、お咎めを受けて牢屋に入れられました。そしてお鎬さまたちが牢屋で自害されたのちに、ある庄屋さまに引き取られる形で柏崎から去っていきました。私だけはお咎めを受けることはなかったのですが、やはりこちらのかか衆さまは、どこからか私が生田家にいたということを耳にしていたようで、私は皆様には嫌われていたのです。それで……」

「…………」

紀久には返す言葉が見つからなかった。

二人はしばらく黙ってお茶をすすった。

「それで……これからは、町の中だけで商いをするんですね」

「田舎にも帰れないですから、何かしないと食べてはいけません。田舎に帰ればごくつぶし、兄夫婦に迷惑かけますから……」

「そんな……」

「本当です。お紀久さま、私はあの乱は正しかったとは思っていませんが、でも、小百姓やそれ以下の水呑み百姓の暮らしは、本当に苦しかった……飢饉《ききん》で、飢《う》え死に寸前の人たちもたくさんいたんですから……」

紀久は、思いもよらない話を聞き、内心驚いている。

お信の話はいつもそうで、陣屋の中で暮らす紀久の知らない話をしてくれるのだ。

ただ、天保八年の生田萬の乱の話は、舞台がこの柏崎の陣屋だったこともあって、相槌《あいづち》を打つ言葉もない。

お信は、紀久のそんな視線に気づいたのか、口辺に苦い薄笑いを浮かべて話を継いだ。

「百姓はお米を作っています。でもそのお米は陣屋におさめるためのものです。百姓たちの口に入るのは、雑穀を混ぜたり菜《な》を混ぜたりして炊いたご飯です。白いご飯は、病気になった時か、ハレの日か、それ以外で口にすることはできません」

「………」

「着るものにしたってそうです。庄屋さまなど裕福な皆さまは豪勢にお暮らしですが、小百姓は二布《ふたの》一枚傷めたり汚したりしないように女たちは洗濯をするのにも腐心しているんです……」

「二布を……」

紀久は訊き返しながら、今自分が腰に巻いているくたびれた二布をちらと思い浮かべた。

「ええ」

お信は大きく首を振った。

「お武家さまの奥さまたちは二布を人の前で見せたりはなさいませんでしょうが、田植えをする女たちにとっては立派な野良着ですからね……」

お信は、懐かしそうな顔で、田植えの情景を説明した。

お信の田舎では、田植えになると、女たちは揃いの菅笠《すげがさ》に薄桃色のたすきをし、腰から下は二布一枚、その長さはひざ上までで、短く腰に巻いて田んぼに入る。

男衆は田植えはしない。田に入るのは二布姿の女衆で、それも若い女衆が入る。田の神様を喜ばすためと言われている。

この日ばかりは女衆が主役。男衆は苗運びを担っているのだが、少しでも苗運びが遅れると、女衆に怒鳴られる。

それが若い男衆の喜びになっていて、この田植えの時期に知りあって所帯を持つことだってあるのだ。

「女たちは田植え歌を歌いましてね……」

懐かしそうにお信は歌を口ずさみ、苗を植える手の所作をしてみせる。

米山さんに陽が差せば
揃いの菅笠　揃いのたすき
赤い二布の早乙女の歌ひびくよ
昨日まいた種が今日は苗になり
今日植えた苗は明日は稲穂となる
来てくらっしゃれ　田の神さま
見てくらっしゃれ　田の神さま
今年も豊年　米千石のみのりなり

「まだあるんですよ」

お信はそこでちょっとはにかみ首をすくめて見せたが、すぐに続きを口ずさんだ。

今度は膝をたたきながら首を振る。

米山さんに虹がかかれば
揃いの菅笠　揃いのたすき
赤い二布の早乙女の願いかなうよ
昨日みそめられた早乙女が
今日は若衆の嫁ごとなり
今日嫁ごとなった早乙女は
明日は元気なややにめぐまれる
来てくらっしゃれ　田の神さま
見てくらっしゃれ　田の神さま
今年も豊年　米千石のみのりなり

紀久もつられて手を打ちながら、緑に囲まれた田の中で一年一度の娘たちの華やぎを思い描いた。

「田植えの時に着ける二布は、この日のために特別にこしらえたものなんです。色は赤と桃色に決まっていて、まるで田んぼに花が咲いたように見えるんです」

説明してくれるお信の目は、いきいきしている。

紀久は小さく頷いた。紀久も楽しくなった。

「女たちは朝早くからいっせいに田んぼに入って苗を植え付けますが、夕闇が迫ると田んぼから上がって、まず二布を洗って干します。翌日また、その二布を着けて田んぼに入るためです……ハレの二布は一枚しかないんですから」

お信の声はしんみりとなっている。

「…………」

「二布一枚を大切にする貧しい暮らし……でもほとんどの農民の暮らしというものは、そういうものなんです」

「雑穀と二布……」

「はい。ですから飢饉があったりすると、まっさきに痛い目に遭うのは農民なんです。お侍さまでも柏崎の町人でもないんです。生田萬さまは、そんな農民たちを救いたいと思ったのだと思います」

「………」

紀久は言葉が出ない。

「お紀久さま。誤解なさらないでくださいまし。恨みがましいことを言っているのではございません。小百姓の、農民の暮らしの大変さをお伝えしただけです。だってあの日、乱のことですが、これは私があとで思ったんですが、生田さまは、こちらの陣屋を襲いましたけれど、それは不満のはけ口の的《まと》が、たまたまこの柏崎の陣屋だったということで、他藩の陣屋だったかもしれない……私はそのように考えることがあるんです」

「………」

「すみません、余計な話になってしまいまして……」

お信は苦笑して立ち上がった。

「お世話になりました。お元気で丈夫なお子を御産み下さいませ」

お信は、ひとりしゃべりして帰って行った。

「………」

紀久は、八重に視線を向けた。

八重は人形をしきりに背中に背負おうとして失敗し、ついに紀久に助けを求めに近づいて来た。

紀久は八重の背中に人形を乗せてやりながら、たった今田植え歌の中で垣間見《かいまみ》た小百姓の女たちの姿を思い出していた。そして、

——宴会ずくめの陣屋内の暮らしを、小百姓たちが知ったらどう思うだろうか……。

ふとそう思った。

第四章

紀久の歯の痛みがとれ、外出できたのは翌月四月の臨月になってからだった。

柏崎の町を覆っていた曇り空もどこへやら、陽気な日差しが、花を終えて葉をつけた梅や桜の木々に、眩《まぶ》しいほどの光を注いでいる。

紀久は数か月ぶりに番神堂に向かった。

着物は袷《あわせ》の外出着。裾に草花を散らした鳩羽鼠《はとばねずみ》の京友禅で、たった一枚残してある一張羅である。

同道したのは向かいのおばさと、栗本の内儀の美津《みつ》だった。

おばさは、臨月を迎えている紀久のかわりに八重の手を引き、栗本の美津は、長男の秀太郎《ひでたろう》と長女のおていを連れていた。

番神堂ではこの日、年に一度のお祭りが行われていた。

境内は老若男女で溢《あふ》れ、行き来するのも難儀なほどだったが、紀久は真っ先に梅の木に歩み寄った。

「これだね、お紀久さが持って来た梅の木は……」

おばさも美津も見上げる。

梅の木は新しい枝をもう二尺ほどもぐんと伸ばして、緑の葉を茂らせていた。

参拝を終えて境内で団子と茶を売っている粂蔵とおくらの店に立ち寄ると、

「おやまあ、お紀久さま、ようこそ……」

おくらはにこにこして言い、紀久のお腹をまじまじと見て、

「もうすぐでございますね。私たちは毎日、この番神にお祈りしています」

そう言うと、蓬《よもぎ》の色も鮮やかな米粉で作った串団子を出して来て置いた。団子には

とろりとした蜜が掛かっている。

「さあ、召し上がれ、これはおばさのおごりですよ」

おばさは、子供たちに言い、にこりと笑った。

待ってましたとばかり子供たち三人の手が伸びた。一番先に団子の串を手にとった

のは、なんと八重だった。

「お八重……」

苦笑する紀久に、婆さんのおくらは告げた。

「お紀久さま、お信さんが柏崎の小間物屋の後妻さんに入るって話を御存じですか」

「いえ、知りません。いつのことです？」

「もう一緒に暮らしていると思いますが、あの男はケチで有名な人ですからね、前のおかみさんも些細《ささい》なことで追い出されて……あたしゃ心配しているんですよ」

「何というお店ですか……」

「確か、里見屋《さとみや》だったと思いますよ」

「里見屋……」

聞いたこともない店の名前だった。

陣屋にやって来る柏崎の店は決まっている。呉服屋はここ、菓子屋はここ、油はあちら、紙はこちらと、皆陣屋の鑑札を持っている店だ。

小間物屋も同じで、陣屋に出入りしているのは『小松屋《こまつや》』だった。

陣屋で暮らす者たちは、炭や塩は陣屋の役所で分けてもらうことになっていて、盆暮れの節季に代金は陣屋に払う。薪《まき》は農家と契約していて、竈《かまど》に使用できるように薪を割ってくれるのは、薪を運んで来た農民の時もあれば、陣屋の小間使いや中間《ちゅうげん》に頼む時もある。

又、神社仏閣にお参りするのは自由だが、ぶらぶら町に買い物に出かけるのは控えなければならないといわれている。

　いずれもみだりに町の者たちと接触して陣屋の風紀を乱さぬよう、厳しく律しているのである。

「お信さん、なんでも母親が病に倒れたらしくてね。少しでも仕送りしたいと考えたんでしょうね。野菜や栗を売り歩いたって仕送りはできないって言ってましたからね」

　おくらはそう言うと、隣の客に団子を出すために離れて行った。

「お紀久さ……」

　おばさはそれを待っていたように紀久の耳元にささやいた。

「いつか言おうと思っていたんだけど、お信という人には関わらないほうがいい。そうだよね、お美津さん」

　お美津に相槌《あいづち》を求める。

「ええ……」

　美津も案じ顔で頷いた。

「お信さんに罪がある訳ではないけれど、あの時、陣屋の者たちは大変な思いをいたしましたから……」

美津の話によれば、天保八年（一八三七）の五月三十日、当時陣屋は大窪《おおくぼ》村の火事で類焼して再建の途中だった。

陣屋の役人もその家族も、その間、町家に分散して暮らしていた。ただ役所の仕事は、陣屋内の仮番所で行われていた。

この天保の時代は、四年頃から日本全国が飢饉《ききん》に見舞われ、柏崎でも、刈羽《かりわ》郡の中後村や板畠村などでは、農民たちは藁《わら》の節を喰い、それを食い尽くしたのちには、松の皮を調理して命を繋いでいたという。

生田萬が残した書簡にも、山村では葛《くず》の根を喰い、小児を川に流した、と記されているらしい。

柏崎の町でも餓死者を出し、柏崎陣屋が火葬場付近にその者たちを合葬した、ということもあったようだ。

柏崎陣屋領内の百姓たちを窮地に陥れたのは、むろん飢饉だが、その窮状に心を添えることなく厳しく上納を迫った代官の采配も大いに乱を起こす原因になったと言われている。

生田萬率いる浪人や農民の襲撃は、三十日の朝方であった。まだ皆眠りこけている頃である。

おばさの倅《せがれ》の連八郎や、美津の夫の栗本作助が、陣屋襲撃の一報をもらったのは、しらじらと夜が明ける頃だった。

慌てて身支度をし、身を寄せていた町家から陣屋に向かったのはまもなくのこと、陣屋の女たちは、倅や夫の無事を祈って外に出て陣屋を仰ぎ見た。

すると、陣屋で火の手が上がっているのが見えたのだった。

「せっかく出来上がっていた陣屋がまた火に包まれていて、私たちは生きたここちがしませんでした。幸い女子供は陣屋の外で暮らしている者がほとんどでしたので、命を失うことはなかったのですが、陣屋に走って行ったお役人衆の中には、斬り殺されたり大怪我をしたりした人たちがたくさんおりました。だれだれが殺されました、だれだれが大怪我です、などと中間たちが報告に走るのですが、それを聞いた時の恐ろしさは、今でも忘れることはできません……」

美津が言葉を切って息を継ぐと、今度はおばさが言った。

「生田という人は、大坂で起こった大塩平八郎《おおしおへいはちろう》の乱に心を動かされて、自身も百姓町人のために旗を揚げたと聞いていますが、多くの領民は生田の乱には参加していません。参加したのは浪人など五名と農民も二十名ほどだったと聞いています。飢饉に苦しむ農民の塗炭の苦しみは、確かに陣屋の配慮がなかったのかもしれませんが、やはり陣屋の者としては、徒党を組んで陣屋の者たちを殺し、火を放った生田という人に、良い感情を持つことはできないのです。ですから、お信さんが生田家の女中をしていたと知ってから、皆お信さんから物を買わなくなったんですよ」

「………」

「お信さんのような人と親しくしていたら、お紀久さ、あなたも皆に敬遠されるようになるかもしれないって、このおばさはね、案じているんです」

紀久は二人に言い含められて、言葉を返すことは出来なかった。

「さあ、この話は終わり。帰りましょうか」

おばさに促されて紀久も腰を上げたが、ふらりとよろめいた。めまいがしたのだ。

その時だった。七、八歳の少年が走ってきて、駆け抜けざま紀久の財布を奪った。

「あっ」

「どろぼうだ、捕まえておくれ！」

おくらの叫びが響いた。

すぐに待機していた番神堂の寺男二人が、少年を捕まえて引きずって来た。

「ふてえ野郎だ。すぐに御陣屋の島橋《しまはし》さまに連絡いたしやす」

太った寺男は少年の頭を小突いた。

陣屋の島橋というのは、下横目の役人で、陣屋はもとより柏崎の町で起こった犯罪にも携わっている。

「ご、ごめんよ。許しておくれよ……」

少年は泣きながら、紀久の財布を寺男に突き出した。顔も体も薄汚れて、衣服もぼろぼろで異臭を放っている。

目だけがぎょろりと大きく光って、孤児であることは一目瞭然《りょうぜん》だった。

「駄目だ駄目だ。お前のような奴はお仕置きしていただかなくては」

太った寺男が、また少年の頭を一発小突いた。

「おいらは何日も喰ってねえんだ。五年前の飢饉の時に、おとうもおかあも亡くしちまってよう！」

「言い訳はきかねえ。まずは奥さまに謝るんだ」

太った寺男は、少年の頭を鷲摑《わしづか》みにして、紀久に頭を下げさせた。

大勢の見物人が見ている中で、少年は押さえつけられて頭を下げた。すると、もう一人の背の低い寺男が、

「陣屋にご報告してきやす」

太った寺男に耳打ちした。

「お待ちください」

紀久は咄嗟《とっさ》に二人の寺男に言った。

「もう許してやってください。聞けばこの子も苦しい暮らしのようです。私には、この子と同じぐらいの倅がいます。お二人のおかげで、こうしてお財布も戻ってきたことですから……」

「それでよろしいんで……」

太った寺男は不満そうな顔で訊《き》いた。

紀久は頷いた。

太った寺男が、少年を摑んでいた手を放すと、少年は濡れた目で紀久を一度睨《にら》むように見て、次の瞬間、参詣《さんけい》人の中に走りこんで見えなくなった。

「お紀久さ……」

やれやれというようにおばさが紀久を見た刹那《せつな》、

「うっ」

紀久がしゃがんだ。

「おっかさ、おっかさ……」

母親の異変を知ったか、幼い八重が母親にしがみ付く。

「大変だ、赤ちゃんが生まれるかもしれない。すみませんが急いで駕籠《かご》を呼んできてくださいな」

うずくまる紀久の耳に、おばさの慌てた声がきこえたが、まもなく気を失っていったのだった。


「お紀久、具合はどうだ……」

鉄之助は役所から帰宅するなり、臥《ふ》せっている紀久の顔を覗《のぞ》きこんだ。

紀久が番神堂で不調を訴えたのは一昨日、昨夜からは時々腹が痛んで、何時《いっ》出産の時がくるのか予断を許さない。

ところが昨日陣屋の小使いが「品川さまの御先触れが参りました」と言ってきたのだ。

それによると品川は、柏崎宿の二つ手前、鉢崎《はっさき》の宿に妻子同道で到着とのことだった。

鉢崎は北国《ほっこく》街道筋の宿場でも、特に重要な関所である。全国五十三か所に幕府は関所を設けていたが、鉢崎はそのひとつだった。

鉄之助は、手伝いから一報を受けると、慌てて品川の長屋となる家に、紙張りに使うふのりと山ふのりの二通りの、のりを持って走った。

役所の仕事と紀久の体の不調による家事と、陣屋内の学校の仕事と、一人で八面六《ろっ》臂《ぴ》の忙しさで、品川が落ちつく長屋の内装などがまだ残っていた。

押し入れの中やそのほかの腰張り、湯どの流しの窓張りなど大忙しで片付けねばならず、蒼《あお》くなって奮闘していると、同役の者や、その内儀も集まってきて、夕刻には万端整い、品川を迎える準備は終わった。

栗本はかねてから品川家のために下女を雇い入れていたし、勘定人のかか衆は、品川が到着した折の料理の用意に駆り出されている。

誰もがこの陣屋詰となった品川を、せいいっぱいの気持ちを込めて歓迎してやろうという思いなのだ。

そして今日は、皆で品川を『東《とう》の輪《わ》』という所まで迎えに出ることになっている。

東の輪は、番神よりもさらに西寄りの地点で、桑名本藩や江戸の藩邸から誰かが柏崎にやって来ると、先触れを受けて出迎える場所となっている。

ただ鉄之助は、今日明日にでも生まれそうな我が子とお紀久の体が案じられて落ち着かない。後ろ髪を引かれて皆と同じようには動けない。

紀久の様子次第だが、栗本の内儀の美津やおばさ、それに八重の子守だったおゆき

等も手伝いに来てくれた。そして紀久も、

「急には生まれそうもございません。お前さま、品川さまをお迎えにいらしてくださいませ」

笑顔で促してくれるのだった。鉄之助は頷いて、

「紀久に何かあったら知らせて下さい。私は東の輪の茶屋におりますので」

鉄之助はそう言い残して家を出た。

東の輪には既に二十人ばかりの者が出迎えに出ていたが、やはり紀久のことが気になって鉄之助は落ち着かない。七ツ頃に同役の金子《かねこ》柾八《まさはち》に、品川の長屋で自分は待つことにすると告げ帰宅した。

どこにいても腰が落ち着かないのだ。

それというのも、紀久は桑名で八重を出産の折、『たらつき』（出産のおりの発作）に見舞われ、はらはらした覚えがあり、医者からも「たらつきで命を落とす者もいる。用心せねば……」と聞かされていたからだった。

果たして陣屋に戻って家を覗くと、紀久の陣痛は始まっていた。

産婆のおときという女が、襷《たすき》がけの勇ましい姿で紀久の様子を見守っていて、おばさや美津が紀久の腰や肩を揉《も》んだりさすったりしていた。

台所ではおゆきが八重の面倒をみながら、美津が連れて来た下女と大鍋に湯を沸かしていた。

出産の用意は万端整い、

「鉄之助さ、まだまだですよ」

おばさに背を押されるようにして、鉄之助は再び品川を迎えに出る。

品川一行は、鉄之助が陣屋からそう遠くない中濱《なかはま》という場所まで出たところで、妻子とともに元気な姿を見せた。

「十四郎……」

駆け寄った鉄之助の手を品川十四郎は、しっかりと摑むと、

「よろしく頼む」

日に焼けて目ばかり光る精悍《せいかん》な顔で何度も強く頷いた。

品川は嫡男紋太郎《もんたろう》九歳を頭に三人の男児と娘一人の四人の子供を引き連れての旅だった。特に一番下の男の子は鉄之助も対面は初めてで、

「まだ一歳と六か月でございます。桑名で生まれた八重ちゃは、もうずいぶんと大きくなられましたのでしょうね」

妻の登代《とよ》は言い、引っ越しの旅に藩から同行者としてつけてくれた若原《わかはら》という男の

背中で眠っている男児の顔を見せてくれた。

「ともかく無事でなによりでござった」

鉄之助は品川一家を歓迎しつつも、この先の陣屋での苦労を考えると気の毒に思えた。

思えば天保十年の同じ頃、鉄之助と紀久も、こうして陣屋の者たちに迎えられたが、その後の気詰まりで心労の絶えない陣屋暮らしに、紀久は壊れそうになっている。

着任したばかりの品川たちに、そんな話は出来なかった。

――せめて不安を吹き飛ばすような、そんな歓迎をしてやらなければ……。

品川着任の宴会は、皆の熱い思いを込めて、夜の五ツ（八時）より賑々《にぎにぎ》しく始まった。

だが、鉄之助は四ツ（十時）頃に腰を上げた。紀久を人任せにしていることに気が咎《とが》めてじっとしてはいられなかったのだ。

品川に理由を言って退出しようとすると、

「鉄之助さま……」

品川の内儀登代に呼び止められた。

登代は奥に引っ込むと、油紙に包んだ物を持って出て来、夫の十四郎にも合図して、二人で鉄之助の前に来て座った。

「鉄之助、これはお父上からの預かり物だ」

十四郎がその包を渡してくれた。

鉄之助は慌てて油紙の封を切る。

「！……」

入っていたのは日記と子供の手形だった。手形は鐐之進のものだとすぐに察した。まだ幼いが掌のぷくぷくした感じが墨の色にもよく表れている。

「鐐……」

思わず口をついて子の名が出た。

「お父上の久太夫どのが、われらが出発の前日に、鐐之進どのを連れて参られての、そして、こう申された。この鐐の姿をどうぞよく見てやってくだされ、そして、柏崎に参られたら、どうぞ鉄之助と紀久に鐐の姿をお伝え下されとな……」

「父上がそんなことを……」

十四郎は頷くと、

「鐐之進どのは、袴《はかま》をつけて腰に大小を差しておった」

「鐐が袴を……」

「そうですよ。とても凛々《りり》しくていらして、私もこんな姿を紀久さまがご覧になったらと思いましてね……」

登代はそっと袖で涙を拭う。

親子が引き離されて暮らしている辛《つら》さは、子供を持つ親なら分かる。

「紀久が喜びます。紀久は今お産で難儀しています。この手形、どんなに力になってくれることか……」

鉄之助は手形を懐《ふところ》に仕舞うと、急いで自宅に戻った。

「紀久……」

家の中に走りこんだが、紀久は陣痛の最中だった。

鉄之助はおばさに頼んで鐐の手形を紀久に渡して貰《もら》った。

そして自身は居間で待機した。

「鐐！……」

紀久の声が聞こえた。だがすぐに紀久の声は呻《うめ》きにかわった。

襖《ふすま》を通して聞こえて来る紀久の苦しげな小さな呻きは、鉄之助の心を凍らせ、息が詰まりそうな思いがする。

四歳になった八重は、台所でおゆきの膝にしがみつき、不安な目でおゆきの顔を覗いている。

「旦那さま、お八重さまを外で遊ばせてきます。竈の火の具合をみて下さいますか」

おゆきは言い、八重を連れて外に出て行った。

つい先ごろ、おゆきは広田村の百姓久治《ひさじ》と結婚したばかりだ。

鉄之助夫婦が赤子の八重を連れて、この陣屋に住むことになった時に、八重の子守として雇ったのがおゆきだった。

母親は柳橋でおやきを焼いて売っていて、おゆきは一人娘だが、気立ては良いし、機転もきいて、家事もやってくれていたから、紀久は大いに助かっていた。

ところが、母親が体を壊したとかで一年程で子守をやめた娘である。

だがこの三月に、結婚の報告に来てくれて、紀久はおゆきがまだ島田のままだったことから、おゆきの髪を丸髷《まるまげ》に結ってやったことがあった。その時おゆきは、出産の折の手伝いを申し入れてくれたのだった。

――赤子の子守も、おゆきのような人が見付かれば良いのだが……。

鉄之助は、竈で燃え上がる火を見守りながら、そんなことを考えていた。

部屋の壁をつんざくような赤子の泣き声が聞こえたのはまもなくのことだった。

はっとして鉄之助が立ち上がると、

「鉄之助さ、立派な男児でございますぞ。おめでとうございます」

おばさが襖を開けて出てきて告げた。

「男……まことですか」

鉄之助は驚いた。てっきり女だとばかり思っていたのだ。嬉しさが瞬く間に胸に広がっていく。先ほどまでの緊張はどこへやら、

——紀久、でかした……。

鉄之助は両拳をつくって、ぐんっ、ぐんっ、と振った。

鐐之進一人では心もとないと考えていたから猶更《なおさら》、鉄之助の顔には笑みが溢れる。

その時だった。

人参湯《にんじんとう》をお紀久に運んで行ったおばさの叫ぶ声が聞こえた。

「お紀久さ、お紀久さ、しっかり！」

鉄之助は、紀久のいる部屋に飛び込んだ。

お紀久はぐったりして意識を失っているように見える。

「たらつきです、お医者を早く！」

美津が誰にということもなく叫んだ時、鉄之助は台所にとって返すと、酢の中に火を入れ、それを持って紀久の側に行き、嗅《か》がせた。

桑名で八重を出産した時に、紀久はたらつきになったが、その時に、紀久の実家の母が教えてくれた処方であった。

だが紀久は目覚めるどころか、唇が瞬く間に青くなっていく。

まもなく医者がやってきて、ギヤマンの器に入った気付けの薬を嗅がせ、煎《せん》じ薬を飲ませると、ようやく紀久は目を開けた。

容態が落ち着いたのは朝方だった。

「紀久！」

鉄之助が声を掛けると、

「赤ちゃん、赤ちゃんは……」

赤子の姿を探す紀久に、

「男の子だ。元気だ。安心しろ紀久……」

鉄之助は紀久の手を強く握った。

赤子の名は『慎之介《しんのすけ》』と命名し、お七夜祝いには、同役近隣親しい者たち、それに産婆のおとき、おゆきなどを招いて祝いの膳を出した。

酒の肴《さかな》は、鯛の浜焼き、ヒラメの切り身とふき、大平《おおひら》にはたけのことふき、かまぼこ葛ひき、うどのあえ物、青菜と切り干しのひたしもの。

そして膳部には、平ヒラメ、わらび、汁青菜のつみ入れ、皿にはうどのなますヒラメ入り、香の物、めし。

何を祝い膳に出すかは鉄之助の懐具合ということになるが、依頼を受けて買い出しに走り、かか衆と調理をしてくれたのは、中間の市平《いちへい》と小者の角平《かくへい》。むろんその者たちも祝いの膳に加わった。

格別渡部家の膳が贅沢という訳ではない。誰もが揃える程度の馳走《ちそう》だったが、鉄之助と紀久は、祝いに仕入れた魚や野菜の高がどれくらいになったのか、内心では案じていた。

それというのも、昨年暮れの節季払いで、まだ払いきれてない付けが多数あったのだ。二両ほどは残っていた。

この夏には、その二両も払った上で、更に今日の祝いの膳の支払いもしなくてはならない。

とはいえ紀久が、心底嬉しそうな顔で皆の祝いの様子を眺めているのが、鉄之助にはなにより嬉しいことだった。

第五章

「おばさ……おばさはいらっしゃいませんか」

紀久が生後一か月の慎之介をおゆきに頼み、お向かいの竹中連八郎の家を覗いたのは、七ツ頃だった。

お産直後たらつきに見舞われた紀久も、四月の二十日には床上げし、体も徐々に元の元気を取り戻して行った。

五月に入ってからは台所にも立ち、家事もこなせるようになり、慎之介の守や家事をしてくれていたおゆきも、今日で母と夫が待つ柳橋の家に帰ることになった。

新婚ほやほやのおゆきに、もうこれ以上渡部家の用事を頼むことは出来ない。そこで紀久は、おばさの家でずっと厄介になっている八重を迎えに来たのだった。

このひと月、八重は慎之介が生まれてからというもの聞き訳がなく、すぐに癇《かん》癪《しゃく》を起こすようになっていた。

慎之介が生まれて、それまで自分に向けられていた両親や人々の関心が、みんな慎之介に向けられているのが気に入らないようだった。

特に自分の守だった大好きなおゆきが、慎之介にかかりっきりで相手をしてもらえないのも、八重の気持ちを落ち着かなくしていたようだ。

ついこの間まで紀久の乳にしゃぶりついていた八重が、慎之介が紀久の乳を飲むようになると、

「お乳はねんねが飲むのだから、八重はいらないよ」

などと生意気な口をきき、その反動か、紀久やおゆきの言うことも聞かなくなって、口のききかたも挑戦的だ。

まだ四歳なのにと紀久が腹を立て、

「そんなにおかっさの言うことが聞けないのなら出ておいき！」

厳しく叱ったら、なんと涼しい顔をしてみせて、

「いいよ、八重はお向かいの子になるから」

ふんと鼻を鳴らして、おばさの家に走り込み、以後入り浸っているのであった。むろん夜も帰ってこなくなっている。

「いいよいいよ、子供はね、そういう時もあるもんだから、気にしなさんな」

おばさも連八郎もそう言ってくれるのだが、

「八重は強情な女になるぞ。困ったものだ。しかしいつまでもおばさの家に迷惑はかけられぬ」

鉄之助も頭を抱えて、それで今日、紀久はおばさの家にやって来たのである。

しかし誰も家の中には見えない。どうしたものかと思っていると、

「ああ、これはお紀久さま。おかみさまは二階ですよ。二階におあがり下さいまし」

段梯子《だんばしご》を竹籠《たけかご》を背負っておりてきた百姓女が言った。

百姓女は未亡人で、おばさが蚕《かいこ》を飼う時には、おばさの家に桑の葉を運んでくる。

自分の畑で摘んだ桑を一日に一、二度運んで来るのだが、蚕が大きくなると荷車に桑の枝を山盛り載せて来る。

自身も蚕を飼っているらしく、おばさの家の手伝いは桑の葉を運んでくることだけだ。

紀久は百姓女と入れかわるように、二階に上がった。

おばさは、養蚕台に向かって蚕に桑をやっているところだった。

さわさわと忙《せわ》しい音を立てて蚕が桑の葉を食《は》む音が部屋に響いている。

「おばさ、八重が長い間御迷惑をおかけして……」

言い終わらないうちに、おばさは、そんな挨拶は無用だというように手をひらひら振ってみせると、

「お紀久さ、この桑を蚕にあげたら、寄せてもらおうかと思っていたところですよ」

晴れやかな顔でおばさは言った。紀久が訊き返す間もなく、

「実はね、お紀久さ、もう鉄之助さから聞いているかもしれないけど、連八郎に御切り紙が参ったのです」

というではないか。

「まあ、それはおめでとうございます」

紀久は祝いをのべた。

御切り紙が届いたということは、連八郎に昇格昇進のお達しを下さるに違いないのだ。

通常御切り紙というのはそういうもので、狭い陣屋内でも昇進伝達の頃になると、皆この御切り紙が届くかどうか落ち着かないのだ。

「私はね、夫を亡くしてから、ずっとこうして、あれこれ腐心してお金を稼いでまいりましたよ。連八郎がせめて正式な郷手代になるまでと思いましてね。その時が来たら、あの子には立派な姿でお達しをお受けしてほしい……だから納戸色《なんどいろ》の絹の紋付き

小袖に裃《かみしも》まで揃えてあるんです」

「お祝いですね、おばさ、賑やかにお祝いしなくては……」

紀久も嬉しい。

連八郎は今郷手代格だ。正式な郷手代という訳ではない。つまり郷手代の補佐、予備といってもよい。

石高も今は六石二人扶持《ぶち》、郷手代に昇格すればお足し高も頂ける。

「おみよさんも喜んでくれたでしょう?」

おみよとは、連八郎の妻のことだ。

桑名から貰った嫁だと聞いているが、昨年から別れ話が出ていて、おみよは桑名に帰りたいと言いだしている様子だ。

鉄之助も紀久もおばさから相談を受けてはいるのだが、連八郎の職格も石高も上がれば、おみよも少しは考え直すのではないか……ふとそう思ったが、

「おみよはお八重ちゃを連れてお稲荷さまにお参りに行きましたが、まだこのことは知りません。喜んでくれるようなら良いですが……」

おばさは不安な目で紀久を見た。

――確かに……。

うまくいかなくなった夫婦が、昇格したからといって、考え直すというのは難しかろう。

連八郎は良く気の回る男で、おみよが連八郎のどこが気に入らなくなったのか知りようもないのだが、

――おみよさんは桑名者だから……。

ここで一生を送るというのは、耐えられなくなったのかもしれない。

紀久は、おばさの家を辞して家に戻る間、ふとそんなことを考えた。

おゆきが暇乞《いとまご》いをして去り、慎之介に乳をふくませていると、鉄之助が御役所から帰って来た。

「おまえさま、連八郎どのに御切り紙が参ったそうですよ。おばさは大変なお喜びです」

早速告げると、

「そのことだが、わしは本当に連公が郷手代のお役を頂けるのか案じているのだ」

顔を曇らせる。軽輩の連八郎のことを、鉄之助は親しみをこめて連公と呼んでいる。

「まさか、おばさは裃まで用意をしていましたよ」

紀久は喜びに溢れるおばさの顔を思い出した。

「それがだ……」

鉄之助の話によれば、他にも御切り紙を頂いた者がいる。内山領八《うちやまりょうはち》、奥村良左衛門《おくむらりょうざえもん》、添田耕兵衛《そえだこうべえ》、志田禄之助《しだろくのすけ》と〆《しめ》て五名いるが、

「紀久、これはここだけの話だが、連八郎の評判は良くない」

と鉄之助は神妙な顔で言った。

「まあ、なぜですか。あんなに腰が軽くて人がよいのに」

「ふむ。今まで連八郎はわれらの下で郷手代格として長年つとめて参ったのだが、郷手代というのは百姓に直《じか》に深く接するだけに、賄賂《わいろ》や不正に発展しやすい事情にある。余程腹を据えてお勤めしなければ弱みを握られてしまうことになるのだが、連公はあまりにも無防備なところがある」

「では連八郎さんは……」

不安な視線を返した紀久に、

「明日になってみなければなんともいえぬ。ただ、連八郎はもう本役になったつもりで、わしには、本役でも郷手代はもういい、などと欲張りなことを言っていたが……ぬか喜びにならぬと良いがの……」

「どうしましょう。噂《うわさ》をききつけて、皆さまお祝いの言葉を掛けにおばさの家に参っ

ております。私どももするめの一枚も持参してと考えていたのですが……」

紀久は思案の顔で言った。

「よし、俺がとりあえず、おばさに祝いを述べてまいろう。明日の結果がどうあれ、行かずにはおけまい」

鉄之助が立ち上がったその時、

「渡部鉄之助さま、御切り紙でございます」

陣屋の小使いが封書を持って入って来た。

「何、わしに……」

驚く鉄之助に、

「はい。ただし御支度は普段の通りでよろしいそうです」

小使いはそう言って帰って行ったが、二人の脳裏に不安が広がったのは言うまでもない。

裃姿を整えて参れというのならば、おそらく昇格やお足し米が予測されるが、いつもの服で参れとは、いかなるお達しを賜ることか。

「何、わしは勘定人で検見《けみ》まで任され百姓との接触もあるが、やましいことは、これっぽっちもない。そういう心配はいらないが……」

――もしや、桑名に帰れというのだろうか……。

鉄之助も紀久も、まんじりともせずに一夜を明かした。

翌日鉄之助は、いつもの通り学校に出てから御役所に出た。

普段着のままで麻羽織を持たず、木綿のひとえの羽織を着て行く。

連八郎は麻絹の裃姿ですでに御役所で端坐していた。

呼び込みが始まったのは五ツ半（午前九時）、御役所御用始まりと同時だった。

まず内山が呼ばれて一人扶持お足し米で勘定人に、奥村が郷手代に、添田も二石足し米で郷手代に、そしてようやく連八郎が呼ばれたのだが、

「竹中連八郎、その方、格禄そのままにて柏崎詰寄合番を申し付ける」

勘定奉行に言い渡されて、連八郎は顔面蒼白《そうはく》となった。

寄合番というのは無役のことだ。格禄がそのままとはいえ、今の役さえ、とりあげられたということだ。鉄之助が声をかける間もなく連八郎は御役所を逃げるように退出して行った。

次に志田が呼び込まれ、三石足し米の郷使いとなった。郷使いというのは警備を担当するお役目だ。

そして鉄之助も呼び込まれて、

「渡部鉄之助、その方儀、公事方《くじかた》地方退切《のっきり》を仰せ付ける。よって念入りにあい勤めるよう……」

鉄之助は深く頭を下げた。

公事方退切とは、司法と収税業務兼帯の陣屋でも権威ある役目である。

例えば陣屋での裁きは、調査から裁断に至るまで、この公事方退切が担う訳で、陣屋内でのお調べも、公事方退切の仕事である。

難しい裁判であっても、勘定奉行や勘定頭などは表に出ることはない。調べの行方が気になる時には、屛風《びょうぶ》を隔てて調べの様子を襖聞きし、直接詮議《せんぎ》に加わることもない。

つまり鉄之助は大変な権限を与えられた、重要なお役目を賜ったということだ。

禄米の足しはお役に対して足し米があるだけで、八石二人扶持が増額される訳ではない。だが大抜擢で、鉄之助が勘定人の中でもいかに信用されているかということの証《あかし》だった。

鉄之助は急いで家に戻ると、案じて待っていた紀久に報告した。

「おまえさま、おめでとうございます」

紀久は鉄之助に深々と頭を下げた。

――これまでの苦労が報われた……。

そんな思いが二人の胸を過《よぎ》った。

思い返せば、ここまでたどり着くまでどれほどの努力を要してきたことか。越して来た道のりを思い浮かべた。

鉄之助は久松松平家が白河藩時代の、享和二年（一八〇二）に藩士片山成美《しげよし》の次男として生まれた。そして文化十四年（一八一七）、十五歳で実父の弟である久太夫の婿入り先、渡部家に養子に入ったのだ。

つまり養父の久太夫とは叔父甥の間柄である。

渡部家も舞台格だったが、藩祖松平定綱以来の古い家柄で、久太夫は禄高十石三人扶持を賜る御蔵勤めであった。

鉄之助が召し出されたのは十七歳の時、養子に入って二年後の文政二年（一八一九）のこと、先手組に五石二人扶持で召し抱えられた。

紀久と結婚したのは、天保五年（一八三四）十一月、鉄之助は三十一歳になっていた。紀久は十九歳。

一方の紀久の実家佐藤《さとう》家も古い家柄で、しかも渡部家よりも格上の書院格。そして姑にあたるおまつも、実は同じ佐藤家の者。紀久にとっては叔母にあたり、よって嫁姑の確執も無く、二人の結婚は実に恵まれた組み合わせだったといえる。

ただ結婚を機に久太夫たちと住まいを別にしていた二人の家計は苦しくない筈《はず》がなく、天保七年に長男の鐐之進が生まれると、紀久の実家や久太夫夫婦になにかと援助を受けることもたびたびだった。

天保八年に、鉄之助が目付配下の下横目から横目に昇進した時には、三石お足し米で禄高八石二人扶持となり、これでなんとか親子三人慎《つつ》ましくすれば暮らせると、ほっと一息ついたのだった。

ただお足し米の三石はお役に対して付けてもらっている手当てであった。揺るぎのない家禄になればと思っていたところに、柏崎陣屋詰を申し渡され、お足し米の三石は家禄として認められたのだった。

桑名にいれば、八石二人扶持でも家計を切り盛りする自信は、紀久にはあった。

だが、おびただしい宴会続きの陣屋の暮らしでは到底やりくりできるはずもなく、こんな暮らしが延々続いたその先は、いったいどうなってしまうのだろうかという不安でいっぱいだったのだ。

そんなところへ、公事方退切のお役目を申し渡され、同じ八石二人扶持で家禄は変わりがなくても、心の内は満たされる。

舞台格の鉄之助にしてみれば、大いなる出世といってよかった。

桑名でもこの柏崎でも、こうして人事の異動がある時には、悲喜こもごもの情景が繰り広げられるのだが、鉄之助も紀久も、おばさと連八郎のことを考えると、どんな言葉をかけてよいのやら心を悩ますのだった。

昨夜は前祝の客で賑々しかったおばさの家は、今日は宵の口から戸をたてまわしてひっそりとしている。

一方で鉄之助の家には、勘定人や郷手代、それに近隣の者たちが次から次にお祝いの言葉を述べにやってくるのだ。

おばさと気まずくならないかと案じていた渡部家に、翌日おばさがやって来た。

「鉄之助さ、いったいうちの倅のどこが、お偉い方の気にいらなかったんでございましょうね。夫を亡くしてから、あの連八郎を頭に三人の子を、あたしがどんな思いで育ててあげてきたことか……その気持ちをあの子はよく分かっていた。だから、ずーっと、ずーっとですよ。長い間郷手代格でみなさま勘定人の手となり足となり頑張ってきたのに……今度こそは正式な郷手代になれるかと思っていたのに寄合とは……ねえ、鉄之助さ、連八郎はそんなに役立たずの男でしょうか……お前さまなら見ているでしょう？……あの子の働きぶりを……」

おばさはかきくどく。

「おばさ、連八郎は気のいい男です。良く勘定人を助《すけ》て働いてくれます。私はそう思っています。ただ、今度のことは、私の知らないところで決められたことなのです。何か連八郎が気づいていないことで不都合があったのかもしれません」

「どんな不都合でしょうか」

おばさの目は、怒りに彩られている。

「それは……」

鉄之助は言葉に詰まった。応えようがなかった。それに、おばさをどう慰めても、おばさは納得するはずもないと思った。おばさの苦労を知っているだけに、鉄之助だって辛い。

「おばさ……」

慎之介に乳を飲ませ、奥の座敷に寝かせつけた紀久が戻って来て言った。

「寄合番とは、ほんに悔しいことでございますが、でも、今まで通り勘定人の下で郷手代格のお手伝いをなさるということですから、他のお役目を言われるよりもよかったのではないでしょうか……」

紀久は、これはおばさも知っていることではあったが、改めて、鉄之助が長い間五石二人扶持でお勤めをしていた話などして慰め、

「それに、おばさは昨日おっしゃったではありませんか。昇格になっても桑名に行けと言われるのは困る、私たちはずっとこの陣屋で暮らしてきた者だと……何もかわらず、この陣屋で暮らすことが出来るのですから……」

おばさは、大きくため息をついた。

しばらく膝元を見ていたが、こみ上げてくるものがあったのだろう、手巾を袂《たもと》から出して目頭を押さえると、

「母親というものは、倅や娘のこととなると、かーっと頭に血が上って……」

顔を上げて寂しく笑った。

「おばさ……」

「鉄之助さのお祝いに参りましたのに……」

おばさはまっすぐ顔を鉄之助に向けると、

「鉄之助さ、改めて、おめでとう」

正座して膝に手を置き、おばさのかきくどきを聞いていた鉄之助の手の甲を、ぽんぽんと叩いた。

「ありがとう、おばさ」

「聞けば品川さまと同じお役目を賜ったと……」

「はい、それが一番うれしいと申しております」

横から紀久が口を添える。

「一刻も早く桑名にお知らせなされ」

おばさはそう言うと、すっくと立ち上がり、

「さあさ、お蚕に餌をあげなくては……そうだ、鉄之助さ、このうちの玄関を、もう少し広げた方がいいね。なにしろ公事方にご昇進だもの。泣く子もだまるお裁きをなさるお役人さまだ。玄関もそのように作り替えなければ」

笑顔を作って言った。どう表情を取り繕おうと、おばさの顔の皮膚一枚下には屈託が張り付いている。遠縁の紀久の夫に祝いの言葉を述べてくれるおばさが哀れだった。

「いや、そんな所まではまだ……」

鉄之助が手を振って苦笑を返すと、

「いいからこのおばさに任せておきなさい。手間賃は安いが仕事は一級、宮大工の一人で良い人を知っているから」

おばさは、笑顔を見せて家に帰って行った。

その晩鉄之助は今度の昇進騒動をこまごまと日記にしたためたが、自身の決意も久太夫に伝えている。

「……御向かいの気の毒と、私の大役蒙《こうむ》り、何と慰め申すべきか言葉を知らず、胸中はなはだ苦しく、今晩もろくに寝かね申し候《そうろう》。ただ品川と相掛かりゆえ、これのみ喜びおり申し候。友田や高原などと申す抜群の人物をさしおき、私ごとき大不調法者、いかさま訳なるにてかかる大役仰せ付けられ候や。一向分かり申さず候。当所へ参り四年の間に、三度掛かり替え仰せ付けられ、ようよう昨今表方留方の事、ちと慣れ候ところ、またまた未知の暗闇に踏み出さん不安もござ候。さりながら、地方公事もこれまでだんだん扱いおり候故。最初御帳部屋へ入り候ほどの事は有るまじくと存じ候……」

第六章

「旦那さま、御新造さま、いかがでございますか」

三日の間、玄関入り口を三尺から一間《けん》に広げていたおばさお勧めの宮大工は、役所から鉄之助が帰ってくるなり、二人を戸口に呼び、自慢げに玄関入り口を見渡して言った。

壁を落とし、敷居鴨居《かもい》を取り替え、板戸も替えて、玄関は見違えるように広くなっている。

「うむ……」

改めて外から見渡してみると、家の中まで広々として見えるし、これなら日差しも中まで届き、ずいぶん家全体が明るくなった。

おばさが連れて来た宮大工の腕は、間違いなく大したものだと思った。

「ほんに、こんなことなら、もっと早くすればよかったと思います」

紀久は嬉しかった。下級武士の狭い玄関、それを直しただけでも気持ちが晴れる。

「これでこそ、公事方さまの御玄関にござります」

宮大工は言った。

向かいのおばさもやってきて、

「桑名ではどの家も玄関間は決まっているそうではありませんか。でもこちらはこうして増改築は許されている。だから陣屋暮らしは良いのです」

あの家はこう改築した、この家はどうだったなどと、しばらく賑やかなおばさの話を聞いていたが、紀久は、ふっと背後に人の気配を感じて振り返った。

「まあ！」

紀久は驚きの声を上げた。

なんと旅姿の、桑名では渡部家の近くに暮らしていた松井清五郎《まついせいごろう》と戸間甚左衛門《とまじんざえもん》が立っているではないか。

「お久しぶりでござる」

二人は日焼けした顔で頭を下げた。

「いったいどうしたというのだ。まさか陣屋詰でもあるまい」

再会の喜びを満面に浮かべた鉄之助が、二人に歩み寄って言った。

「休暇だ。二人で休暇を貰って温泉に入りに来た。それで一晩おぬしの所に厄介になろうということになってな」

「嬉しいことだ。丁度良かった。お勤めを終えて帰ってきたところだ。さあ、あがってくれ。大したもてなしは出来ぬが」

「何、会えただけで嬉しい。鉄之助、親父どのの手紙も預かってきているぞ」

三人は手を取り合って再会を喜んだ。そして、品川にも栗本にも会って帰りたいということになり、紀久は陣屋の小使いに頼んで皆を呼びにやった。

酒の肴はこれまた中間の市平に頼み、向かいのおばさにも泣きついて、なんとか用意した。

品川も鯛の浜焼きを持ち込んでくれたし、栗本は丁度そばを打ったところだといい、出来たてのそばを差し入れてくれ、なんとか急場の馳走を揃えることが出来た。

出産をしてまだ一月が過ぎたところだ。八重をおばさの家のおみよに預け、酒の肴を作り終わると、紀久は流石《さすが》に疲労を感じて、おばさに給仕を頼み、慎之介に乳を含ませながら、居間で横になった。

うつらうつらしながら、紀久は座敷の男たちの沸き立つ声に耳を傾ける。

桑名からの手紙を手にした鉄之助を中心にして、男たちは故郷の話に花を咲かせているのだった。だがその声が急に沈みこんだ重いものになった。品川が声を潜めて訊いた。

「清五郎……おぬし、矢部駿河守《やべするがのかみ》さまがもう桑名に到着されて、囲み屋敷に幽閉されたというのだな……気にはなっていたんだが……」

矢部駿河守とは、先の江戸の南町奉行だった人である。

下級旗本の家に生まれたが立身出世を極め、大坂町奉行や勘定奉行などの重職につき、天保十二年の四月からは南町奉行を拝命、ただ老中の水野忠邦との確執が取りざたされていたさなか、昨年十二月に南町奉行を罷免《ひめん》され、今年三月に評定所に置いて改易《かいえき》となり、桑名藩お預けの沙汰が下りていた。

その事は先の桑名からの手紙の中にも垣間《かいま》見えていたし、桑名藩が慌てて御囲御用屋敷をこしらえている様子も久太夫が知らせてきていた。

久太夫の四月の日記には、

「江戸より御越なられ候駿河守様御住居の儀、吉ノ丸の稽古場を取り払い、右跡地に出来に付、御普請中諸材木ら入れ置き候御蔵御用米蔵の内、東の方にて二戸前も貸遣わし候様、御勘定頭衆より御達しこれ有り」

とあり、久太夫たちが日々お勤めの米蔵の東方に御用屋敷が出来るとあった。

そしてその月の二十四日の日記には、久太夫が気になって御用屋敷を見に行くと、いつの間にか建てられており、屋根は杉皮で葺《ふ》かれていて、四百坪の土地に門は北門に設けられ、そこから入って行ってみると、玄関前には竹矢来が設置されていて、中は六十坪の抜き天井があり、その真ん中に十畳の格子で囲まれた座敷牢《ざしきろう》がしつらえてある、と記してあった。

久太夫はその説明の最後に、こんな感想も書き添えてあった。

「三尺置きに柱これ有、三尺の間に割りもの四、五本ずつ貫も幾通りか通してあり、厳重なる揚がり屋なり」

鉄之助が、久太夫からよせられたその話を告げると、戸間甚左衛門が膝ひとつ輪の中に寄せるようにして小声で言う。

「玄関左側には番士の詰める部屋や医師などの控え室として、六畳から八畳ほどの部屋が五部屋もあるらしいぞ。これは普請にかかわった者が言っておったのだ」

すると今度は、松井清五郎が言った。

「幕府からお預かりした御仁に何か不都合があれば、わが藩は責を問われるのだ。厄介なことだと、これは御囲御用屋敷の番士三十人の一人に選ばれた馬廻りの者が申しておったが……」

「しかしいったい……」

栗本が腕を組んで呟《つぶや》いた。

「改易されて幽閉とは……罪状を詳しく聞いたことがあるか？」

甚左衛門は首を振ったが、

「俺が聞いた話では、先年老中の持ち出した三方領地替えに難癖をつけたと聞いている」

清五郎が言った。

すると栗本が、

「確かにそれもあるだろうが、矢部駿河守さまは大坂の町奉行だった時代に大塩平八郎と懇意だった。その大塩平八郎が乱を起こした時、矢部駿河守さまは江戸に戻って勘定奉行だったようだが、乱を起こした大塩を擁護するような発言をしたとも言われている。政権近くにいた人だからいろいろと憶測を呼んでいる。まあ、われわれのような軽輩が気にすることもないのだが……」

「いったいどうなることやら……」

男たちの話はそこで途切れた。

おばさが新しい酒を運んで行ったが、紀久は緊張した顔で起き上がって座った。

――大塩平八郎の乱といえば……。

その数か月のちに、この陣屋を襲撃してきた生田萬の乱は、大塩の乱に触発されてのことだったと聞いている。

政治のことは難しくて紀久には理解出来ぬが、生田家で女中をしていたお信のその後は案ぜずにはいられなかった。

「お紀久さ、もうお開きらしいよ」

おばさが座敷から戻ってきて告げた。

「それで二人の宿だけど、品川さまのところで泊めていただくことになりましたからね」

おばさは紀久の体を案じて、こんやの宿の采配もふるってくれたようだった。

「おばさ、少しお聞きしたいことがあるのですが」

紀久は台所に立ったおばさに声を掛けた。

「おばさは生田の乱をよく御存じですよね」

「お紀久さ」

おばさは困った顔をして黙って皿を洗っていたが、やがて横顔を見せたまま言った。

「私が知っていることは番神で話しましたよ。それにもう、あんな恐ろしい出来事は思い出したくもありません。お紀久さ、女はね、元気な子を産んでしっかりと育てる。そして、夫に従い添い遂げる……」

「おばさ……」

紀久は真剣な目でおばさを見た。

だがおばさは、苦笑を返すと盆を持って座敷に向かった。

紀久の頭の中には、ここにやって来た年の天保十年八月、大目付が来陣し、生田の乱に立ち向かった人たちの賞罰を発表したが、それは陣屋に来て初めての衝撃の出来事として記憶に残っている。

死者三名、負傷者多数を出した乱の後始末は、闘って命を落とした子息などには、身分の格を上げたり禄を増額したり、また桑名に帰藩させるなどして、勇敢な行為に見合う上意を申し渡した。

だが、床の下に隠れて戦わなかった者や、右往左往するだけで、腰砕けだった者には厳しい処分を行ったのだった。

闘わずして逃げた渡部駒之助《わたべこまのすけ》という人や大越仁助《おおこしじんすけ》という人などは、即刻陣屋を放逐となった。

また年貢取立てを容赦なく行って百姓たちの不満を買い、乱の標的となった代官の伊藤太右衛門《いとうたえもん》は改易閉門。伊藤は妻と離縁して北国路に一人で消えて行ったのだ。

その日の夜に、夫の鉄之助が記した日記には、

「伊藤太右衛門方にて払い物セリこれ有。終日セリ声聞居り申し候。早朝より日暮れまでにて相仕舞い、二十両余もの払いにあいなり候よし……」

とあり、その日は一日中セリの声が陣屋に響いた様子を記した。

家財道具を売り払い、今後の暮らしの為にセリは行われるのだ。

余裕のある者はこのセリに参加して、某《なにがし》かの金を渡すのだが、金の無い鉄之助夫婦は、胸を痛めながらセリの声を聞く他なかった。

実のところ、当時は桑名からやって来て二月ほどのこと、鉄之助の家には、まだ膳も椀も揃っていなかった。

セリに参加して……と一度は心が動いたのだが、やはり僅《わず》かな持ち金を使ってしまっては後の暮らしは苦しくなる。

二人はそう考えてセリには参加せず、見守るしかなかったのだ。

ただ紀久の耳にいまだ残っている、その時の鉄之助の言葉に、

「生田の乱で責任をとらされたのは舞台格のような下級藩士ばかりだ。書院格の人たちや陣屋の責任者たち、いやもっと上の、年貢の高を最終決定してきたような人たち

には、罪を問うことはなかったのだ……」

憤りを含んでいたのを紀久は覚えている。

例えばその言葉を裏付ける賞罰の一つとして、伊藤太右衛門と同じく厳しい年貢をとりたてて標的となった人物がもう一人いたのだが、この人物は罪を問われることもなく、その後も代官として陣屋で暮らしている。

代官という職務は書院格と舞台格が混在していて、ここが家格の分岐点になっている。

だから同じ代官でありながら、舞台格の伊藤は改易追放、もう一方の書院格の代官はお構いなし、そういう裁きになったらしい。

これはあからさまな家格に対する分け隔てではないかと、鉄之助は言ったのだ。

「伊藤どのは舞台格、お咎めなしどのは書院格……」

舞台格の鉄之助らしい怒りのまじった言葉だった。

これまで一度も藩政に不満を漏らしたことのない鉄之助が、紀久に初めて漏らした棘《とげ》のある言葉だった。

——抗《あらが》うことの出来ない身分の格差……。

紀久の胸中も割り切れない思いに満ちていた。

同じ武士同士でもこれなのだ。武士と百姓町人との身分の格差はどうなのだろうか。桑名の暮らしの中では、強いて家格のことなど考えることもなかったが、この陣屋の暮らしでは御役所に直結しているだけに、女の紀久もいろいろと思いめぐらすことになる。

突然座敷に、男たちの大きな笑い声が上がった。

紀久は、果てのない思考から覚めた。

「どうだ……少しは楽になったか?」

鉄之助は紀久の肩から手を離すと、紀久の顔を覗いて訊いた。

「はい、ずいぶんと楽になりました」

紀久は首をぐるりと回してから答えた。

実際鉄之助の揉み方は、ツボを押さえていて、お灸《きゅう》をすえているように効く。

鉄之助は学問にも秀でているが剣術も目録を貰う程の腕だ。

桑名で最初に賜ったお役目も剣術の腕を買われてのことだったし、この柏崎に詰めるよう命じられたのも、生田の乱のような騒動が起こっても、その剣で賊を撃退することが出来る、そういう思惑があって陣屋に遣わされたのかもしれないのだ。

そんな夫に肩を揉ませることは、紀久にとっては気が咎めることだった。

「これからお勤めに出るというおまえさまに、家の用ばかりか、肩まで揉んでいただいてすみません」

紀久は素直に謝った。桑名では風邪も滅多にひかないほど元気だったのに、こちらに移ってきてからは、気持ちは塞《ふさ》ぐし病気ばかりしている。

頭痛肩こり、腹は痛むし下痢はする。今日は元気だという日は少ない。

「もう内職は止《や》めなさい。産後の肥立ちも十分ではないのだ。お前が倒れたら、私も子供たちも困る」

鉄之助は、居間の側の板の間に置いてある糸繰の道具に視線を投げた。

紀久は綿を買ってきて糸を紡ぎ、それを草染めして裁断し、夫の着物を作ろうと考えているのだった。

公事方地方退切になった夫の身なりが今のままでいい筈がない。せめて木綿の、新しい着物を作ってやりたい。それが終われば次は八重の着物、そして慎之介の産着と……自分の二布だって欲しい。

欲しいものは、あれもこれもあって、気ばかりせいて肩を凝らしているのである。

おばさのように二階で蚕を飼えば収入も得ることが出来るし、自分たちの着物も作れるのだが、手のかかる子供もいるし、第一体が丈夫でなくては、おばさの真似はとても出来ない。

ただ、このところ八重はほとんど竹中のおばさの家や近隣の友達と遊ぶようになり手が掛からなくなったし、慎之介の方は十日ほど前から、おさとという十一歳の女の子が子守に来てくれて、日中は少し手が空く。その空いた時間を糸繰に費やしているのだった。

紀久は八重の守をしてくれたおゆきのように、おさとを頼りにしているのだ。年の割りには良く気がついて手助けをしてくれるおさとが、せめて一年くらいは来てほしいものだと思っていたが、鋳物師の父親の話では、

「申し訳ございやせん。もっと前にご縁があれば、ずっとこちらに娘をお願いしてえところでございやすが、先約したところがありまして、二か月ほどでそこにやらなければなりやせん」

父親はそう言って頭を下げたのだった。

仕方がなかった。最初子守は、おばさが、

「柏崎宿の呉服屋の娘が行儀見習いがてら陣屋に奉公してみたいと言っているのです」

などと言うものだから、おばさの仲介で来て貰っていたのだが、蝶よ花よと育てられた娘では、茶碗ひとつ洗うことも出来ないし、慎之介を背中に負ぶわせても、すぐに肩が痛いなどと言い役に立たない。

困惑していたところ、娘の方から暇を貰いたいと言って来て、急遽おさとを雇い入れたような按配だった。

おさとのいる間に、出来る用事を片付けたい……紀久は焦っているのだった。

「紀久、聞いておるのか……」

鉄之助は、もう一度念を押す。

「はい……」

夫の忠告に生返事をすると、紀久は袴をつけている鉄之助の背後に廻り、着替えを手伝いながら、頼もしい鉄之助の後ろ姿に、ふと昨夜久しぶりに鉄之助に抱かれたことを思い出していた。

妊娠していた紀久の体を案じた鉄之助は、長い間紀久に触れることはなかったのだが、昨夜は手を伸ばして来た。

紀久も素直に応じた。いや、口には出さなかったが、そうなることを望んでいた。

鉄之助との暮らしの中で、紀久は肌を合わせることの大切さを知っている。

昨夜も鉄之助は紀久の体を労《いた》わって、

「大事ないな……よいのだな紀久……」

優しい声でひとつひとつ紀久の反応を確かめながら抱きしめてくれたのだった。

紀久も自身の体に不安がない訳ではなかったが、優しい鉄之助の導きに、そんなことはかなたに消え去っていた。

鉄之助の体にしがみ付き、感極まったその時に、

「しっかりお勤めしていれば、きっと帰れる」

耳元で囁《ささや》いてくれた鉄之助の言葉は、紀久の心を貫いた。それは紀久にとってはどれほど嬉しい言葉であったことか、

「はい」

紀久が甘えた声で応えると、

「俺も希望は捨ててはおらぬ。お前と一緒に桑名に帰ろう」

鉄之助は紀久の顔をじっと見て言った。真剣な顔だった。

——この人も桑名に帰りたいと切望している……。

日ごろ積もる気持ちを共有できた嬉しさに、

「おまえさま……」

この人あっての幸せだと、ふたたび陶酔していく中で、紀久は鉄之助と暮らすことの幸せを噛《か》みしめていた。

何しろこの陣屋に来てから、たびたび鉄之助には迷惑を掛けている紀久だ。家事に育児にお勤めと、八面六臂《ろっぴ》の忙しさの鉄之助だ。

体の弱い妻が、その役目も果たせぬのなら、柏崎の町に行けば女郎でいっときの気持ちを満たすことは出来る。だが鉄之助は一度も、そういった場所に出向くことはないのである。

「無理をするな……」

刀を摑んだ鉄之助が家を出ようと土間に下りたその時だった。

「渡部さま！」

陣屋の小者が飛び込んで来た。

「大変なことが起こりました。刈羽郡半田村で不穏な動きがあると百姓より通報がございまして、郷手代様方十数名が先ほど急ぎ向かわれました。品川さまは御役所でお待ちでございますが、渡部さまにはすぐにおいで下さるようにと……」

「相分かった、すぐに参る」

鉄之助は、険しい顔で急ぎ御役所に出かけて行った。

――半田村の庄屋で騒動……。

また一揆か乱が起こったのか……いやまさか……。

胸騒ぎを覚えながら、紀久は衿《えり》を整えて座った。

第七章

刈羽郡半田村騒動の一報を受けてから十日余り、鉄之助の帰宅は不定期で、帰って来た時にはいつも疲れた顔をしていて、紀久が何かを尋ねるのもはばかられた。

鉄之助は紀久に、それだけは告げてくれたが、気を許せない日が続いていることは、厳しい表情を見ていれば分かる。

「一揆や乱に発展するものではない。案ずるな」

今日も昼頃帰って来ると、

「御用聞きの銀蔵《ぎんぞう》という者が夕刻には尋ねて来る筈《はず》だ。その時には起こしてくれ」

紀久にそう言うと床についた。

この所、学校の方は補佐の山口虎之助《やまぐちとらのすけ》に任せてある。虎之助は郷手代で、鉄之助が陣屋にやって来るまでは、細々と寺子屋風の教室を開いていた者だ。

近頃の鉄之助は、裁判を担当するばかりか、地方の視察もしなくてはならず、また従来の勘定の仕事である帳簿記帳の見届けもやってほしいと命じられて、体がいくつあっても足らないほどだ。

そこに、大騒動が起こってしまった。

郷手代たちは騒動の現場に走り、扇動した者たち六人に縄を掛けて陣屋にしょっぴき、三人は扇町にある牢屋《ろうや》に入れ、あとの三人は町の公事《くじ》宿に預けてあるという。

紀久には詳しいことは分からないが、鉄之助は終日御役所に詰めていて、郷手代や郷使い、それに下横目などの調べてきたことの報告を受けているようだ。

「八重、お外に出て来ましょう」

紀久は、部屋の中で人形遊びをしていた八重の手を引いて外に出た。

――少しでもぐっすりと眠ってもらいたい……。

夫の身を案じてのことだった。

紀久は長屋を出ると北の表御門を出た。

表御門の両端には塀に沿うように馬場が設けられ、その北側には畑がある。この畑も黒塀の囲いの中にあるのだが、ここで陣屋の者たちが芋や大根や葉物野菜を作っていた。

畑には渡り畑と借り畑があり、渡り畑は陣屋が貸与してくれる畑で、借り畑というのは借り賃を払って耕すことのできる畑だ。

昨年まで鉄之助は、渡り畑一枚、借り畑も一枚借りて大根を作り、初年度は大根二百五十本を収穫した。

渡部家の一年の漬物は大根で二百五十から三百本は必要で、この年は大いに助かったが、昨年は不作で、まして今年は紀久が出産して畑仕事は種まきもままならぬと分かっていたから、借り畑は止めて大根を植えたのは渡り畑一枚だけだった。

それも陣屋の小使いを雇い、他所の畑が芽を出して伸び出した頃に種まきをしているから、おそらく今年の収穫は極端に少ないに違いなかった。

とはいえ大根は、収穫するまでに芽を間引き、茂った葉を少しずつ摘み、汁の実にしたり、塩もみして漬物のかわりにしたり、菜飯を炊いたりと活用が出来る。

紀久は、大根の芽の様子を見るために畑に向かったのだった。

果たして渡部家の大根は、芽は出ていたが、他所の畑からみると格別に発育が悪かった。

紀久は大根の芽を間引き、持参した竹籠《たけかご》に入れていく。間引く時期、間引いた後の芽の間隔は、大根の発育に大きくひびくからだ。

「おかかさま、ほら、見て見て……」

八重が一本間引きしては大はしゃぎをする。

「柔らかいね、八重。菜飯でも炊きましょうね」

母と娘が籠ひとつの大根の芽を間引くのは、さして時間がかからなかった。

「お紀久さ」

声がしたので振り向くと、これまた竹籠に菜を摘んで抱えたおばさと連八郎が立っていた。

連八郎も郷手代を手伝っている身だ。寄合という閑職にいるとはいえ半田村で起きた騒動にかりだされている筈だが……と思って見返すと、

「鉄之助さは大変だ。疲れているんじゃないですか。お紀久さん、しっかり滋養をつけてやらないと、事件は郷手代の手を離れて、吟味は品川さんと鉄之助さの手に渡ったんだ」

連八郎の方から半田村騒動に触れた。

「女子《おなご》の私には事件のことはよくは分かりません。夫ともゆっくり話す機会はございませんので……ただ私は、生田の乱のような事件が起こらなければいいのにと、そればかり願っています」

「それは無い」

連八郎は言った。確信ありげだった。

三人は、小道に出て、石の上に座った。八重は、蟻を見付けて追っかけている。

日盛りの日差しは容赦なく肌にささってくるが、三人が腰かけているのは、畑に沿う小道の樹の下に置かれている石だった。

この小道を辿《たど》れば、陣屋の外塀を一周できる。風の通り道になっていて涼しかった。

「騒動は刈羽郡半田村の庄屋追い落としで、この陣屋の采配に不満があってのことではなかったのだ……」

連八郎はおばさに促されて、騒動の中身を紀久に話してくれた。

半田村は大きな村で、もともと庄屋は二人いたのだが、その一人、財吉《ざいきち》という庄屋は文政年間に不都合があり、庄屋の役を退いていた。

だがそのほとぼりもさめ、陣屋の意向もあって再び庄屋に帰役したのだった。

財吉の家は、代々の庄屋で規律も厳しく、村内のもめ事も処理してきた実績があったからだ。片やもう一人の庄屋である儀兵衛《ぎへえ》は規律が緩く、近頃村では隠れ賭博《とばく》や飲酒などに溺れる者が多くなっていた。

当然米やその他の農産物の生産額にも響いていて、陣屋では村内の規律を保つためにも、財吉復帰を急がせたのだった。

ところが、半田村の財吉支配の百姓たち全員が、

「庄屋とは認めねえ！」

「庄屋の役を降りろ！」

「俺たちはお前に従わねえ！」

などと鍬鎌《くわかま》振り上げて財吉宅に押し寄せたというのである。

陣屋の役人たちは報《しら》せを聞いて財吉宅に走った。そして扇動していた頭取百姓六人を捕え、三人を入牢《じゅろう》、三人を手鎖の上、町家に預けたのだが、郷手代たちの調べにいっこうに反省の色をみせない。

調べは行き詰まって、陣屋の公事方である品川十四郎と渡部鉄之助の手にかかることになったのだと言う。

「噂《うわさ》されている村の中での悪事を表沙汰にしないかぎり、やつらは言い逃れして、自分たちに都合のいい庄屋を押し立てようとしているんだ。生田の乱ではないが、この騒動が長引けば百姓たちの士気にかかわる。これから田は忙しい。決着を一刻も早くつけないと、秋の実りはない。そんなこんなで、公事方の皆さまは大変だなと、俺はそう思っているのだ」

「鉄之助さのことだから、心配はいらないでしょうけれど、お紀久さも気配りが大変

だ、乳飲み子をかかえているんだから……」

おばさは、倅《せがれ》の連八郎の言葉をひきとってそういうと、

「お八重ちゃ、夕方までおばさの家においでなされ、おいしい瓜がありますよ」

八重を抱き上げた。


鉄之助が言っていた銀蔵なる御用聞きが訪ねて来たのは、七ツ過ぎ、紀久が台所に立ってまもなくのことだった。

「旦那はいらっしゃいますか、銀蔵でござりやす」

背の低い男だが、目の鋭い中年の男だった。

「おう、構わぬ、上がってくれ」

紀久が起こすまでもなく、鉄之助は起きて来て銀蔵を部屋の中に招き入れた。

ひそひそとなにやら二人は話していたが、半刻《はんとき》ほどで銀蔵は帰って行った。

「すまぬが湯漬けでいい。急いで頼む」

身支度をしながら鉄之助は言い、紀久が慌ててあぶった鱒の塩漬けと、間引きして来た大根の葉のおひたしで、美味《うま》そうに食事を済ませた。そして、これまでとは違う少しほっとした顔で茶を啜《すす》った。

紀久が案じ顔で見守っていると、

「紀久、なんとか決着がつけられそうだ。まっ、時間はかかるかもしれぬがな」

鉄之助はそう言ったのだ。

「それはようございました」

紀久もほっとして笑みを返した。

鉄之助が公事方を拝命してから、たびたび家の中は緊張に包まれた。側で見守るしかない紀久にしてみれば、やはり暮らしそのものが息苦しく感じるのだ。

「今日は泊まることはない。帰って来る」

鉄之助がそう言いおいて出かけたその夕刻、おばさが八重を連れてやって来たが、

「たいへんなことになりました。おみよが家を出て行きました。いま手をつくして探しているところですが……」

と言うではないか。

「何時《いつ》のことですか……」

紀久は驚いて尋ねながら、ずいぶんおみよも思い切ったことをしたものだと思った。

おみよは以前から連八郎との離縁を望んでいた。

鉄之助も紀久も案じながら見守っていたのだが、いつまでも首を縦に振らない連八

郎に業を煮やして強硬手段に出てしまったのか、おばさはこう言う。

「おみよさは桑名者です。桑名の庄屋の娘ですが、ここの暮らしに不満を持っておりましたからね」

「………」

「お紀久さも知っての通り、連八郎はよくよく女にご縁がございません。最初の女房とも別れ、おみよは二人目の女房でした。私もだから随分気を使って、おみよさには強い小言もいわずに参りましたものを……」

「おばさ、おばさのせいではございません。私はそう思います。先ほども申されたように、おみよさんは桑名者、それも庄屋の娘さんだったと聞いています。両親が恋しい、桑名が恋しい、ただそれに取りつかれて、離縁を望んだのではないでしょうか。離縁でしか、ここを出て行くことは叶いませんから……」

おみよの気持ちを斟酌《しんしゃく》しながらおばさを慰めるその言葉は、紛れもなく自分の胸の中に渦巻いているものではないか……ふとそう思った。

「そう遠くには行っていない筈です。連れて戻ってくれたその時には、お紀久さと鉄之助さに仲に入ってもらって話をつけてもらうという訳には参りませぬか？」

おばさは、連八郎夫婦の離縁の話に決着をつけてくれと頼むのだった。

紀久は小さく頷いた。

普段ひとかたならぬ世話になっているおばさの家のことだ。断ることは出来なかった。

果たして、その日のうちに、おみよは陣屋から探しに出た中間《ちゅうげん》や小者たちによって陣屋に連れ戻され、すぐに渡部家に連れてこられた。

丁度鉄之助も帰ってきたところで、おみよは背中に風呂敷包を背負ったまま二人の前に座った。

「おみよさん、お腹が空《す》いているのでしょう?」

紀久が発したその労わりの言葉で、

「うっ……」

顔を強張《こわば》らせて俯《うつむ》いていたおみよは、堪《こら》えていた涙をあふれさせた。

「おばさも心配していましたよ。ええ、連八郎さんだって、あなたが見付かったという一報が届くまで、どれほど案じていたことか……」

「私、お義母さんに不満がある訳じゃありません。ただ、もうここに暮らすのは耐えられないんです。息が詰まりそうなんです」

「おみよさん……」

「それに、昨日、母が病に倒れたと手紙が参りました」

「どうしても、もう竹中家にいるのは嫌だと申すのか？」

鉄之助の問いかけに、おみよはこくんと頷いた。

「ふむ……」

鉄之助は腕を組んだが、ここまで意志を貫こうと強行したおみよを、竹中の家に帰すこともできず、おみよが竹中家に入るにあたって後見人となっていた郷手代の山崎《やまざき》貞之助《さだのすけ》の家に預けることにした。

おばさや連八郎を説き伏せるのは難儀には違いないが、おみよが離縁を言いだしてから一年近くにもなる。もはや説得しても元に戻るとも思えない。おみよの意志は頑として揺らぐものではないことが分かった。

「連八郎は俺が説得する」

鉄之助はおみよを山崎の家に送り届けて帰ってくると、紀久にそう言った。

この日は思いがけなく隣家の騒動に巻き込まれたが、鉄之助の多忙は、この夏、半田村の吟味に費やされた。

紀久は、黙って見守るしかないのだが、事件吟味の経過については、桑名に送る鉄之助の日記で凡《およ》そのことは分かっている。

鉄之助は御用聞きの銀蔵に調べさせて、財吉という庄屋に落ち度の無いことは摑んでいた。その上で、村人全員の吟味を行っていったのである。

「八月十二日　半田村の者吟味、四ツより取り掛かり候《そうろう》。御頭御奉行衆も出役《しゅつやく》。陰聞き致され候。御日柄故《おひがらゆえ》、拷問は出来申さず。わずか三人の吟味にて暮れ合いに相仕《あいし》舞《ま》い候……」

「八月十三日　昼前より吟味にかかる。二人相済。支度いたし又かかり、七ツまでに三人いたし帰り申し候……」

「十四日　七ツまでに七人いたし候……」

夫の鉄之助は、村の百姓一人残らず聴取していっているのであった。根気のいる仕事に違いないのに、日を追うにつれ、何か摑んでいっているのか、顔が晴れて来るのが紀久には分かった。

この日は紀久も出産後初めて町の洗湯に慎之介を連れて出かけて行ったが、慎之介は初めての洗湯に驚いたのか大泣きをして紀久を困らせたのだった。

鉄之助はこのことも日記に記した。勤め場所と住まいが目と鼻の先という距離では、常に職場の緊張が家の中に持ち込まれる。そんな中での家族の微笑《ほほえ》ましい出来事は、鉄之助の心を慰めている。

むろん、その出来事の後には、

「十五日　今日で二十三、四人、一通り吟味いたし候。おいおい大事のしっぽが出、明日は頭取とも三人手ごわき吟味いたし候つもりなり……」

と記したし、その翌日十六日には、

「去る月二十五日、村中大寄《おおよ》り合い、同二十六日財吉宅へ大勢押し寄せ、悪口申し聞かせ候も、右連判《れんぱん》相談より事起こり候には相違の無き由《よし》。漸《ようや》く白状いたし候……」

と記すことが出来、鉄之助が御用聞きを使っての独自の調べと、品川との丁寧な吟味により、ついに白状する者が出てきた。ようやく事件の決着をみたと書いてあった。

紀久は、桑名での下横目から公事方になるまでの鉄之助をずっと見て来た訳だが、重いお役を頂くたびに堅実な働きをする夫に、改めて驚きと尊敬の目を向けるようになっていた。

この日、鉄之助は品川とささやかな慰労の酒を飲む約束をした。事件の目鼻がつくまでは酒断ちをしていたから久しぶりだ。

丁度桑名から手紙が届いていて、栗本も呼び、腹が膨《ふく》れたところで鉄之助が読み上げたが、

「矢部様ご病気お大切のよし、実は冷たく御成なされたかの様に噂もあり……」

鉄之助は少し驚いた様子で、桑名の手紙から顔を上げて二人を見た。

「矢部駿河守さまはお亡くなりになったのか？」

栗本が神妙な顔で訊《き》く。

「そのようだ……」

鉄之助は硬い表情で頷くと、手紙の続きを読み上げる。

日記によれば、桑名藩で死亡を確認したのは二十四日だが、藩が正式に御公儀に届け出たのは二十七日。

死因は大病にて、それを確かめるべく公儀の役人がお越しになるとのこと、鳴り物は停止、鐐之進が近頃熱中している太鼓を隠したと久太夫は書いてあった。

また八月朔日《さくじつ》の日記には、矢部駿河守当番の御徒歩《おかち》の数を、昼二人夜三人だったのを、昼三人夜四人に変更し、遺体の厳重なる警戒をしているのが分かった。

そして、公儀から検死が到着するまで遺体を塩漬けにするために、湿った塩では駄目だというお達しがあり、町の油屋に塩を炒《い》るよう命じたことも書いてある。

「桑名は大騒動だな」

品川が言う。

三人は、しばらく黙って酒を傾けた。品川がまた言った。

「矢部様のご遺体は、まさか江戸まで運ぶ訳ではあるまい」

「それだが、稗田村の薬師堂の側に葬られるそうだ」

鉄之助はそういうと、二人の顔を見た。

幕府の御政道とはおよそ遠いところで暮らしている鉄之助たちも、矢部駿河守失脚と死去については大きな関心を持たずにはいられなかった。

隣室で八重と慎之介を寝かしつけて聞き耳を立てている紀久もまた、御公儀とか死体とか塩漬けとかいう言葉を聞くたびに、恐ろしくて息を詰めていた。

第八章

紀久が番神を一人で訪ねたのは、秋風が吹く九月の初頭だった。

八重は品川の娘千代《ちよ》と遊びたいというので品川の妻女に頼み、慎之介はおばさに預けてやって来たのだ。

子守のおさとには一月前に暇《ひま》を出したし、おばさの家の嫁のおみよも離縁がかなって桑名に帰ってしまったのだ。

だから近頃では紀久がつきっきりで慎之介の世話をしているのだが、半月前から慎之介の目に出来物が出来はじめ、医者に診せたが、

「胎毒ですな」

というばかりで、塗り薬も貰《もら》ったがますます出来物は増えている。

乳をやる紀久は胎毒の原因になるような精の強い物は口に入れないように気配りはしているものの手立てがない。

——三十番神にお祈りをすれば……。

紀久は藁《わら》をもつかむ思いで番神堂にやって来たのだった。

「これはお紀久さま……」

おくら婆さんは、少しびっくりした顔で紀久を迎えた。

紀久の顔には疲れがみえた。袷《あわせ》の衿口《えりくち》から見える首元も痩《や》せているのだ。

「おくらさん、今日は番神の神様に倅慎之介の病が治癒するようにお願いにやってきました」

紀久から話を聞いたおくらは、

「それならお紀久さま、堂の裏手に清水が湧き出ておりまして、信心深い町の人たちは、番神の霊験あらたかな霊水として、皆さん汲《く》んで帰られます」

というではないか。

霊水はそのまま飲み、或《あるい》はその水で患部を拭いたりして病を治すのだという。

「良く効くと聞いています。試してごらんになったらいかがですか」

「そうなさいませ。霊水は明日にでもあっしがお届けいたしやしょう」

側で聞いていた粂蔵も言った。するとその時、

「おいらに任せてくれ。おいらがお持ちする」

背後で少年の声がした。振り向いてみると、

「まあ……」

なんとこの春に、この番神堂の祭りのおり、紀久に走り寄って財布を奪ったあの少年ではないか。

「お紀久さま、この子は弥助《やすけ》という子供で、あっしたち夫婦の養子にいたしやした。この春のことは、この子も随分と反省して、今ではこの店の力仕事はみなこの子が手伝ってくれますし、漁師の今朝蔵《けさぞう》っていう親方のもとで、漁の手伝いもしておりやす」

「あの時は、ごめんなさい」

弥助は深く頭を下げた。

その顔からは春の祭りに見た、すさんだ表情は消え、夢あふれる少年の顔になっている。

「ではお願いいたします」

紀久は、微笑んで頷いた。

慎之介の看病で疲れがたまり、気持ちが落ち込むばかりで番神にやって来た紀久だったが、弥助少年の満たされた顔を見て嬉しかった。

弥助の歳は桑名にいる鐐之進より二つほど上だと思われるが、それでも紀久の目には、倅の面影を見ているような気持ちになる。他所の少年に我が子の姿を映して見ているのだった。

三十番神に慎之介の回復を願った紀久は、帰り際に梅の木を眺めた。

梅はぐんぐん枝を伸ばして、固い葉を茂らせている。

「今年は少し枝を打ってみようと考えています」

粂蔵も紀久と並んで木の梢《こずえ》を眺めた。

紀久の目に、木々の幹の向こうに広がる海が見えた。

ふっと陣屋を去って行ったおみよの顔が頭に浮かんだ。

「お紀久さま、桑名に帰りましたら、お紀久さまの御実家にお伺いして、お八重ちゃんや慎之介ちゃんのこと、お知らせしてきます」

おみよは紀久にそう言って桑名に帰って行ったのだった。

「お紀久さま、これでいいかい？」

弥助が竹筒の水筒を二つぶら下げて近づいて来た。

するとおくらが小走りしてやって来て、

「これをお嬢さまのおみやげに……」

番神団子を持たせてくれた。

「では……」

紀久は弥助を従えて陣屋に戻った。

霊水を弥助から受け取ると、紀久は弥助に煎《い》り豆を入れた掌ほどの紙袋を渡した。

「ありがとうございます」

弥助は行儀よく、ぺこりと頭を下げると、一目散に帰って行った。

「………」

あの子は、番神のあの老夫婦がいなければ、この世を怨《うら》み続けて尋常な人生は送れなかったかもしれない。

貧困がいかに人々の心を狂わせ、またむしばむか、紀久は元気に走り去る弥助の背を見て思ったが、すぐに品川の家に八重を迎えに向かった。

品川の家は、丁度陣屋御役所の裏側にある。渡部家から右手に曲がって十間《けん》ほど先だが、

「お紀久さま……」

紀久は、品川家に向かう途中、郷手代渡井《わたらい》郡《ぐん》太夫《だゆう》の前で手招く郷使いの女房に会った。

怪訝《けげん》な顔で近づくと、渡井家を覗《のぞ》けと促す。渡井家の表の戸は取り外されていた。

紀久は表から家の中を覗いた。そして息が詰まるほどびっくりした。

座敷から縁側まで、郡太夫の妻の着物が虫干しされていたのである。それも華やかな着物が何枚も棹《さお》に掛けられ、その棹は裏庭まで伸びている。紀久など見たこともない豪華さだった。

虫干しは確かに風通しを良くして害虫を遠ざけることにあるが、この日の渡井家の虫干し風景は、いかにも人に誇示するために戸を開け放しているような、紀久は咄嗟《とっさ》にそんな感想を持った。

「郷手代になられてから急に衣装が増えたようですよ。三年前には着物の虫干しなんて見たことがありませんでしたのに……」

郷使いの女房は、不審の目で家の中を覗いて言った。

その時だった。

家の中から、高らかな女たちの笑い声が聞こえて来た。

どうやら、親しいかか衆が集まって、郡太夫の妻の衣装の見定めをしているようだ。

紀久は郷使いの妻に軽く会釈を送ると、渡井の家の前を足を速めて通り過ぎた。

あの家は三年前には、

――雪隠《せっちん》に使う紙のかわりに山の笹を使っているらしい……。

そんな噂があったのだ。だが今目《ま》の当《あ》たりにしたあの有様は、三年前の暮らしとは天と地ほども違うのではないか。

紀久の胸には釈然としないものが湧き上がったが、すぐに気持ちは慎之介に戻った。

――あの霊水をつけてやらなければ……どんなことをしても治してやりたい……。

紀久の一念は慎之介の病にあった。


「疱瘡《ほうそう》は治りましたな。二人とも笹湯を使ってもよろしい」

町医者の玄庵《げんあん》が、八重と慎之介の疱瘡治癒を告げてくれたのは冬を迎えた十一月半ばのことだった。

笹湯というのは、酒を水で薄めたもののことで、これを体に掛けたり、布にひたして拭いたりすると、病後の体が清められるという効能があった。

鉄之助と紀久は早速笹湯を作って、八重と慎之介の体を拭いてやった。

八重はじっとして拭かせてくれたが、慎之介は泣き叫んだ。清め水とはいっても、慎之介には夏すぎから出始めた胎毒による出来物があり、それで滲《し》みるのかもしれなかった。

九月の初頭には弥助少年の手を借りて番神の霊水を持ち帰り、それで清めて一度は膿《う》んでいた出来物もおさまる様子をみせていた。

だが、その後疱瘡に罹《かか》ってしまって、今や疱瘡に罹《り》患《かん》する前より出来物の状態は酷《ひど》くなっている。

膿んだものが目から耳まで広がって岩の様に膨れ上がり、しかも他の場所にも広がっていっている。

生まれて間もないまだ赤子だ。触れれば壊れるほどの柔らかな肌が、異様な形相を見せているのだ。

自分の子でなく他人の子供だったなら正視できない容態だが、この陣屋では疱瘡で何人もの子供が亡くなっていることを考えれば、命を落とさずに済んだだけでも有難い。

渡部家の姉弟二人が病魔を撥《は》ねかえすことが出来たのは、奇跡だったと言ってもよい。

昨日まで紀久と鉄之助は、

――とにかく疱瘡を蹴《け》散《ち》らして命だけは救ってやりたい……。

そう願って看病をしてきたのだが、いざ疱瘡が治ってみると、未《いま》だに治る兆候もみせずに広がり始めている出来物に悄然《しょうぜん》とするのだった。

自身の両親や舅姑が側にいれば時々の対処のしようもあり、二人の心の荷も軽くなろうかというものだが、ここは桑名から遠く離れた陣屋である。

肉親の生き死ににも駆けつけることが出来ない遠国だ。

遠縁のおばさが陣屋にいるとはいえ、実家の両親や舅姑に相談するような訳にはいかない。

すべて二人で考えて解決していかなければならないのだった。

慎之介に出来物が現れてからの紀久は、泣き叫ぶ慎之介をひとときも下に置くことが出来ずに抱いたまま看病している。あまりに幼く儚《はかな》げな命だけに、

――下に置いた瞬間、消えてしまうのではないか……。

まるで死に神に取りつかれたような、深くて出口の見えない不安があったのである。

紀久の焦燥感はひとかたならず、この日も医者の袖を摑むようにして懇願した。

「先生、どうかこの子の膿《うみ》を、せめて膿を、取り除いていただくことはできないでしょうか。膿がおさまれば広がりを抑えられるかもしれません」

「ふむ……」

医者は、消え入りそうな小さな泣き声を発している慎之介の顔をほんのしばらく見

ていたが、顔を上げて紀久に言った。

「まだ生まれて半年の赤子に施したことはないのですが、膿を吸い出してみますか」

「ぜひ、ぜひお願いします」

「ただし様子をみながらです。この子はこれまで十分な乳を飲んでおりません。発育不良です。体力もありませんから、一度にという訳にはいきませんな」

紀久は頷いて慎之介を抱き上げた。

たらつきに見舞われたとはいえ生まれた時には赤子らしくふっくらとした体つきだった慎之介が、今はあばら骨が見えてみいらのように痩せている。

紀久の乳の出が悪くなったこともあるだろうが、慎之介は痒《かゆ》みと痛みに耐えられなくて泣き続け、乳を飲むことが出来ないのだった。

この日玄庵は、慎之介の出来物に剃刀《かみそり》で傷をつけ、細いギヤマンの貫《かん》の先をそこに当てると、ゆっくりと膿を吸った。

ずずずっと貫の中を膿が吸い出されて来るのが見えた。

慎之介は、火が付いたように泣く。最後の力を振り絞って泣いているように見え、紀久は医者が貫に口を当てて膿を吸い出すたびに、心臓が止まりそうになった。

ただ、膿を吸いだした個所は一か所だけで、全ての膿を吸い出すまでどれほどの日数がかかることか。

玄庵を見送ると、紀久は慎之介を抱いて力なく座った。

「おっかさ……」

じっと大人しく待っていた八重が、紀久の膝にしなだれてくる。

「八重、お腹が空いたのね。もうすぐおとっさがお帰りですから、もう少し待ちなさい」

紀久は八重の頭を撫《な》でてやると、泣き疲れて目をつむっている慎之介の口元に乳房を持っていった。二、三度乳頭でつっつくと慎之介は弱々しいが口を開けた。

そしてすぐに、慎之介は力を振り絞るようにして飲み始めた。

出来物が邪魔して目を開けるのは難しそうだが、飲むほどに顔に血の気が差して来る。

――きっと治る。この母が治してみせる。

紀久は、慎之介の顔を見ながら念じていた。

しかし、その紀久の顔にも疲労が重く張り付いている。

「おっかさ……」

八重が待ちくたびれたのか、ふと紀久の胸をのぞき込んで慎之介の手に触った。

途端に慎之介は乳房から口を離して泣き出した。

「八重！」

咄嗟に八重の手の甲を紀久は叩いた。

「わーん」

八重が大声で泣き出した。

「少し待ってと言ったでしょう！」

紀久は八重を怒鳴りつけた。八重が慎之介の乳を飲むのを止めた、せっかく乳を飲み始めたのに邪魔をしたと、紀久は四歳の八重に怒りを向けたのだった。

「どうしたのだ、いったい……」

鉄之助が帰って来て紀久を咎《とが》めるように言い、泣きじゃくっている八重を抱き上げた。

「表まで聞こえているではないか」

「だってようやく慎之介がお乳を飲み始めたのに、八重が触って」

紀久は今度は鉄之助に怒りをぶつける。

「紀久、お前の気持ちも分からないわけではないが、八重に当たるな。八重も病が治ったところだ。まだ四歳だ」

「………」

紀久は黙った。まだ四歳だと言った言葉が、ずしりと胸にきた。

慎之介がなかなか乳をしっかりと飲んでくれないのは、痒くて痛い出来物のせいだ。そしてそんな出来物が慎之介を苦しめているのは、自分のせいではないか。私の胎毒が慎之介に災いしているのだ。

鉄之助に言われるまでもなく、紀久は自分の愚かな行為が情けなかった。

立ち上がって慎之介の泣くのをやめさせようと、体を揺すりながら紀久は部屋の中を歩き始める。

ひーひーと泣く慎之介の顔を見詰めていると、紀久は涙が込み上げてくるのだった。

――どうしてこんな試練が私には待ち受けているのだろうか……。

長男の鐐之進ともう二度と会えないかもしれない暮らしを余儀なくされている上に、この慎之介までこんな病に侵されるとは……思いはいつもそこに行きつく。

だが紀久は、襷《たすき》を掛けて台所で包丁を使う鉄之助が立てる音を聞いているうちに、公事方退切《のっきり》の重いお役目の上に家事までやってくれている鉄之助のことを思いやる余裕もない自分を情けなく思った。

鉄之助はこのところ、地方に出かけるときは別だが、普段は本番助番、泊まり番という皆と同じ勤務をこなしながら、家事一切をやっている。

本番は朝の六ツ半出勤で昼過ぎには帰宅する。助番は昼から出勤で七ツには帰宅、泊まり番は宿直のことだが、鉄之助は休んだことがない。

鉄之助自身相当疲労がたまっている筈だが、けっして弱音は吐かなかった。

子供二人が疱瘡で、紀久まで半病人の状態では頼みは鉄之助だけだ。渡部家は限界状態の中で暮らしているのだ。

「紀久、粥《かゆ》が出来たぞ。お前も食べなさい」

鉄之助は八重の膳に粥を出しながら、

「卵を落としたのだ。御奉行さまが下されたものだ。少しはお内儀の力がつくだろうとおっしゃってな」

紀久の膳にも粥を出す。

紀久はだが、慎之介を抱いたまま膳を前にして迷っていた。

「滋養がつく、何をためらっている」

鉄之助の咎めだてするような強い声に促されて箸をとったが、紀久の頭の中には、卵は胎毒を助長するようなことにはならないのだろうかという杞憂《きゆう》があったのだ。

「案ずるな、お奉行の娘御にも以前吹き出物が出て、原因は胎毒だと言われたそうだが、おかかさまにも娘御にも卵を食べさせたそうだ。そしたら力がついて治ったということだから体に悪い筈がない」

鉄之助の説明を聞き、紀久はようやく箸をつけた。

「おとっさ、お代わり」

八重は元の元気を取り戻したようだ。

ほっとして鉄之助と見合ったその時、

「渡部さま」

飛脚便の男が入って来た。

韋駄天《いだてん》の千治郎《せんじろう》と言い、桑名と陣屋、或は江戸藩邸との間の飛脚を受け持っている男だ。

「桑名からお手紙でございます」

千治郎は一通の手紙を差し出した。

「すまぬ。恩に着る」

鉄之助は礼を述べた。

千治郎が久太夫の手紙を運んできてくれたのは、千治郎の好意からだ。

この男の仕事は、例えば陣屋東方鵜川の近くにある陣屋の米蔵から、大坂に運べ、あるいは江戸の藩邸に運べなどという本藩からの指令の手紙を運んでくるのが役目である。

鉄之助は、戸棚にあったするめ一枚を半紙に包んで、

「酒の肴《さかな》にしてくれ」

千治郎の手に渡した。

鉄之助は千治郎が去ると、行灯《あんどん》を手元に引き寄せて油紙を解き、日記を開いた。日記はいつも二つに折って、こよりで閉じてある。

「紀久、鐐も疱瘡に罹ったらしいぞ」

一枚目を開いた鉄之助が驚きの声をあげた。

「おまえさま……それで？」

紀久は強張った顔で訊く。

「まてまて……」

鉄之助は慌てて日記を捲《めく》ると、読み上げて行く。

「十月十一日　鐐、ちと熱ある様子なり。救命丸一粒飲ます」

「十二日　鐐、目が廻って歩かれんと言うゆえ、背中を押さえて手水場《ちょうずば》につれていくと、黄水《おうすい》を吐く。茶のような小水出す。急ぎこたつをこしろうて寝かせ、一角丸五粒

用いるが、さつまいももおまんまも少したべて止める。早速医者のところに行く。八、九分、疱瘡のお熱とみえますると言われ帰る。すぐにくすりもろうてきて煎《せん》じ用いる」

「十三日、鐐少々昨日より元気出たようなり。やはり熱つよし」

「十四日　大熱それより少しずつさめかかり、明け方には大きな熱さめる。蠟燭《ろうそく》の灯りで顔手足見る。少しずつ疱瘡らしきもの見える。昼過ぎ切り餅雑煮にして二切れ食べる。新屋敷のおばば様、おいでなさる。みかんと小さな串団子をおみやげにおくれなさる」

「母上がお見舞いに……」

紀久は思わず問い返す。

紀久の母が孫を案じて見舞いにきてくれたというのだ。

久太夫の日記には、鐐之進が紀久の母が持って来た団子を喜んで食べ、他にも茶漬け一膳平らげたとある。

鐐之進の疱瘡が大事なく治まったのは、二十二日のことだとあった。

久太夫夫婦は小豆飯を炊き、疱瘡棚に上げ、神酒《みき》灯明《とうみょう》も上げ、鐐に笹湯を掛けてやり……と、疱瘡治癒の喜びを綴《つづ》ってある。

疱瘡棚というのは、疱瘡神を送り出すための棚で、子供が疱瘡に罹患した時にこしらえる厄払いのための神棚のことだ。

二十五日には、再び紀久の母が柏餅を持って見舞いに来てくれたようだった。

「ほう……」

疱瘡治癒の日記にほっとした鉄之助は、笑みを浮かべると、

「慎之介も八重もあと一息だな。紀久、鐐は二十六日に湯に入れ、かさぶたがとれたとあるぞ」

鉄之助はほっとした顔で続きを読み上げる。

「鐐の疱瘡のあとを調べてみると、けしの中に四つ、五つ、うなじに五十ばかり、額に四十五、六、鼻の真ん中に二つ、小鼻に一つ、口の周りに十ばかり、眼の上に三つ四つずつ、額に五つ六つずつ、襟に四つ五つ、右の目の玉白目に一つ、顋に一つ、肩より背中尻っぺたまで三十ばかり、両腕より指まで四、五十ずつ、掌に二つ、指の腹に三つばかり、小腹に二つ三つ、股より足先まで四、五十ずつ、足の裏に二つ三つ、およそ右の通りなり……」

「おまえさま……」

紀久も安堵《あんど》の声を上げる。

鐐の疱瘡の様子から考えれば、八重も慎之介も、ずいぶん軽かったといっても良い。

——それにしても……。

紀久は実家の母が、自分のかわりに鐐を見守ってくれているのだと思うと有難く、また懐かしくもあり気持ちが安らぐのを覚えていた。

桑名の鐐之進疱瘡顛末《てんまつ》の手紙は、不安なまま手探りで看病していた二人にとって大きな心の糧《かて》となった。

「もう一息だな、紀久」

「ええ」

紀久は久しぶりに頬に笑みを浮かべたのだった。

第九章

だが年が明け、三月を迎えても、慎之介の出来物は引くことはなかった。

昨年十一月半ばから新年をまたいで二月まで、医者は定期的に渡部家にやって来て、出来物の膿を吸い取ったが、結果ははかばかしくなく、医者も業を煮やしたようだ。

「これでしばらく様子をみましょう」

あとは運に任せるしかない、そんな口振りだった。

医者や鉄之助夫婦の願いどおりにはなかなかいかない。

紀久は医者の助言もあって、近頃貰い乳もしているのだが、紀久自身の衰弱もひどく、鉄之助は桑名への日記にはこう記した。

「二日　お紀久、とかくよろしからず。時々不機嫌になり、食事一向進まず困りいり申し候《そうろう》。おゆき参りくれ、ひな様に御膳をこしらえてくれ候」

八重の子守だったおゆきが、年明けから見るに見かねて時々手を貸してくれるようになっていた。

「三日　お紀久の有様髪型は何日もかまわず、湯へは月に一度入ることもあり入らぬこともこれあり。〇記《まるじる》しはさっぱりなし。毒絶ちにて、明けても暮れても大根汁にたくあんの香の物。おゆき青菜持て来てくれ、ひたしもの出来る。お八重もふだん着はよごれくさり、よそ行き出して着せる。お紀久、私のなりのくさり候ても洗うこともならず、ただただ、次第次第につまらぬことになり申し候」

紀久は舌がただれて食事もままならない時もあり、また目がかすんで以前のようには見えなくなっている。

——それなのに、こんな時に男の人は……。

鉄之助のこの日記を読んだ紀久は、汚れた妻の体を抱くことの出来ない夫の不満を暦の〇記しに垣間見《かいまみ》て唖然《あぜん》とする。

それどころではない。慎之介を救うために私は闘っているのにと、紀久は腹立たしく思うのだった。

だから鉄之助が、

「お紀久、そなたの体も大事。せめて鱒の味噌漬けでも食べろ」

そう言っても、紀久は素直に箸はとらなかった。

鱒はおばさに貰ったものだ。鉄之助はそれを紀久に食べさせようと味噌漬けにしておいたものだ。

だが紀久は、鋭い目を向けて言った。

「おまえさまは慎之介がどうなってもよろしいのですか」

「そんなことを思う筈がないではないか」

「この子にこのような出来物が出来たのは、私の胎毒が原因だと、お医者はおっしゃったではありませんか。私が平静でいられるはずがありません」

斬りつけるように言う。

「しかし、お前が倒れたら、誰が慎之介の看病をするのだ？」

「わたくしは倒れません。私の命に代えても慎之介を助けます！」

紀久は宣言した。夫のもっともな心配など受けつけなくなっている。そんな紀久を鉄之助は呆然《ぼうぜん》として見つめるのだった。

――こんなにささくれだって、紀久はどうなるのだ……どこまで壊れるのだ。

鉄之助は暗澹《あんたん》たる思いである。

「…………」

鉄之助も疲れていた。

仕事から帰って来ると、ずっと慎之介の泣き声に悩まされるのだ。ほとほと困憊《こんぱい》し、時には苛立《いらだ》ちを覚えることだってある。

公事《くじ》の調べは絶え間なくあり、その上学校もある。しかも家事すべてが鉄之助の肩にかかり、鉄之助は家に帰ってきても、体も心も休めることができない。

いやもっとも空おそろしいのは、妻の紀久が日ごとに壊れて行くように見えることだった。

紀久は医者から慎之介の病は胎毒からきていると言われて、口にするものは白い飯と漬物だけだ。

赤子に授乳する体で、口に入れるものが白い飯と漬物だけだというのも、鉄之助には心配の種になっている。

このままでは、慎之介ばかりか紀久の命も灯を消すことになるのではないか。

できることなら滋養のつくものを食べさせてやりたいと思っても、渡部家には金が無かった。

住居の修理にとお役所は年に一両補てんしてくれるのだが、それさえ宴会の費用に消えている。

塩や醤油、油や和紙などは陣屋が商人に一括して納入させ、それを必要なだけ分けて貰って使用するわけだが、その代金は夏と冬の節季に俸給から天引きされる。

味噌は自家製で、豆は陣屋の蔵から分けてもらうのだが、これとて節季に支払わなければならない。

薪《まき》は農民から買い込むのだが、毎日五把《わ》は使用するから年間二千把ほど必要で、金額にして薪だけで一両ほどになる。

炭は陣屋の炭蔵から分けてもらうが、これも節季払いとなる。およそ一年間でこちらも一両ちかくを支払わなければならない。

米はふんだんにあるがお菜は大根の漬物だ。この大根も年間二百五十本は必要だが、昨年のように紀久が病と子供の世話に追われて栽培に支障をきたせば、買い入れに五百文はいる。

さらに年々増える医療費は、鉄之助の頭を悩ませている。

特に昨年は紀久が出産し、たらつきをはじめとして年中病から逃れられず、しかも子供たち二人も疱瘡に罹り、慎之介に至っては出来物の治療をいまだ受けている。

これらの費用は、薬礼に一両ほども支払い、他にも粉薬に目薬、さらに救命丸などとひっきりなしに薬を買い求め、病のために使った金は二両近くにもなった。薬代や医者に支払う薬礼金は家計を圧迫し続けているのである。

今後の支払いがどうなるのか、常に不安はそこにあり、考えれば考えるほど息苦しくなるのだった。

このような家計困窮の元凶は、陣屋内で行われる宴会にあった。

呼ばれれば何か持参しなければならず、招待すれば一度に一両の金が飛んでいく。

胸に不満を秘めながらも、鉄之助は自分一人その習慣から抜けきることが出来なかった。

「もう少し控えて下されば、どんなに助かることでしょうか」

紀久から耳が痛いほど聞かされているのに、その勇気がないのだった。

紀久自身は、慎之介の病もあって、この年になって呼ばれた女振る舞いを断り続けている。

品川と栗本のかか衆とは途切れずつきあってはいるものの、それは日常の行き来であって、寄り合って飲み食いするというのではない。他のかか衆とのつきあいは、ここにきて途切れている。ところが、

「慎之介さが元気になったら、お紀久さも、少しお付き合いをした方がいい。これはお紀久さには言えませんが、御亭主が公事方になったと言ってお高くとまって、などと、お紀久さの評判はよくないんですから……」

おばさは鉄之助に耳打ちする。だが、

――慎之介が回復しても、紀久は女たちの輪に加わることはもうあるまい……。

紀久はこんな慣行は理不尽なもの、それから抜けきれないこの俺さえ苦々しく思っているのだ、と鉄之助は思うのだった。

鉄之助には紀久の言い分が正しいことが分かっていた。分かっていて、どうにもならない自分が歯がゆかった。

一方の紀久はこの年の暮れには、もう番神の梅の木のことなど忘れたかのように見えた。

桑名へ帰る望みまでも失ったのか家の外に出ることも滅多にない。正月を迎えても洗湯にもいかないのだ。

家の風呂は陣屋内の井戸から水を汲み、運び、炭で沸かさなければならず、下女もいない暮らしでは、水を運んで風呂を沸かすのはとても無理だ。

行水もしないから汚れ腐って、着物も着替えず洗濯もせず、鉄之助がみるにみかねて、自分の下着や八重の物は洗濯するが、紀久や慎之介の物となると、肌着ですら忙しくて手が廻らない。

また紀久は、髷《まげ》を結いなおすこともなく髪は乱れたままで、

――まるで老婆だ……。

とただ遠目に見て、鉄之助は言葉を失うばかりだ。

「八重、洗湯に行こう」

鉄之助は八重を外に連れ出したものの、御門を出たところで、思わず胸に熱いものが込み上げてきた。

「おとっさ、おとっさ……」

八重が心細そうな声を上げる。

「八重……」

鉄之助は八重を抱き上げると、はるか向こうに、ほんの少し見える海を目で探した。番神堂と違ってここからの海ははるか遠く、立つ場所によっては皆目見えない。

「八重、いつか桑名の海を見せてやるぞ」

強く八重を抱きしめた。

それが空しい慰めにすぎないことは、鉄之助は紀久より良く分かっている。

だがその望みを捨てたら、貧窮に耐え、お役目にひたすら励む日々そのものが瓦解する。タガが外れれば、この今の暮らしさえ雲散霧消。

八重の柔らかい体を抱きしめながら、鉄之助は思った。

――壊してなるものか、俺の家庭を……。


番神の海は穏やかな表情をみせていた。

冬には白い刃を滾《たぎ》らせて、両手を広げて海岸に襲い掛かってくるように見えた海も、春の声を聞くと、これがあの海と同じなのかと見紛うほどの変わりようだ。

海上には漁師も船を漕ぎだしているし、目を転じれば、海岸にむかって延びている土手のあちらこちらには、ふきのとうを摘む女たちの姿も見える。

おくらは、手に箒《ほうき》を持ったまま、番神の庭の梅の木の下から一帯を眺めているのだが、その視線を、やがて柏崎陣屋の方角に向けた。

――お紀久さま、残念ながら今年も花は咲きませんでした……。

心の中で呼びかける。

そう……番神の梅は、今年も花を付けずに緑の葉のみ茂らせているのだった。

昨年九月、紀久は慎之介の出来物退治の願掛けに来ている。

だがその後、年の暮れになっても、新年を迎えても、また番神の祭りにも顔を見せなかった。

番神祭には娘の八重が竹中のおばさと呼ばれる伝《でん》に連れられて来ていたが、その時の伝の話で、子供二人が疱瘡に罹り、昨年生まれた慎之介の出来物はいまだ消えることもなく、紀久はずっと看病に明け暮れているというのであった。

「見る影もないほど痩せて痩せて……」

おばさの伝は、紀久の様子をそのように告げ案じていた。

――どうなされておられるのか……。

おくらは梅の木を見るたびに紀久を案じているのである。

「おばば……おばば！」

呼ばれて振り返ると、弥助が走って来た。その手には、魚籠《びく》が握られている。

「お帰り、魚は獲れたのかい」

おくらは魚籠の中を覗いた。小鯛が十匹ほど入っている。

「親方が持って帰れってくれたんだ。大漁だったたんだぜ。おいらも役にたってんだ」

「わかってるよ。このおばばの目に狂いはないよ。弥助はね、きっと立派な漁師になれる」

おくらも顔をほころばす。

「おばば、これをお紀久さまに持っていっちゃあいけねえかい……おいら、お紀久さまが心配で」

きらきらした目でおくらを見上げる。

「そりゃあいい考えだ。おばばも今案じていたところさ、あのおぼっちゃまの出来物はどうなっているんだろうって……持って行くがいい、そうだ、番神の霊水も汲んでくるから、それも一緒に持って行ってくれるかい」

「任せてくれ」

弥助は、胸をぽんと叩いた。

半刻後、弥助は陣屋の門の前に立っていた。

「おいら弥助というんだ。番神の弥助、渡部さまに霊水をお届けに来たんだ」

息を弾ませ、出て来た門番に告げた。

「よし、通れ」

門番の許可を受けるや、弥助は渡部家に駆けて行った。

「ごめんください」

戸口で声を掛けたその時、

「おや、お前は誰だね」

後ろで声がした。振り返ると鉄之助が立っていた。

「おいらは弥助」

「そうか、お前が弥助というのか。以前紀久が世話になったようじゃな。で、今日は何ようだ？」

「おぼっちゃまが心配で霊水を届けにきたんだ。それと、この魚はおいらが獲ったんだぜ。お紀久さまに元気になってもらいてえから持ってきたんだ」

「弥助……すまぬな」

鉄之助は腰を落として弥助の顔を見た。

弥助が天保の飢饉《ききん》で両親を亡くしたことは、折に触れ紀久から話は聞いていた。その孤児の弥助が番神の老夫婦に拾われて、幼いながら独り立ちしていこうとしている姿を目の当たりにして、鉄之助は胸を熱くした。

桑名に残して来た鐐之進も、親はいずとも弥助のように、しっかりと育ってくれればと、我が子に重ねてみれば猶更《なおさら》胸が揺さぶられる。

「おいらがお役人に突き出されずにすんだのは、お紀久さまのお蔭だからな。だから食べてほしいんだ」

「分かった。遠慮なくいただこう。紀久はいまだ病に臥《ふ》せっておってな、わしが預かる」

鉄之助は、紀久に弥助を会わせたくなかった。今の紀久の様子を見れば、弥助がどれほど落胆するかと考えたのだ。

いや、それよりも、今の紀久を人の目に晒《さら》すのは、己が恥ずかしい。

「そうかい……じゃあ、伝えて下さい。番神のおばばも案じているって……」

「ありがとう、すまんな。元気になったら、おばばにも会いに行くと伝えてくれ」

「はい」

弥助は元気に頷いた。

「そうだ、ちょっと待ってくれ」

鉄之助は家の中に駆け込むと、水の中に漬けてあった餅五つ、竹皮に包んで弥助の手に渡した。

「ありがとう」

弥助は嬉しそうな声で礼を述べると、一目散に門に向かって駆けて行った。

鉄之助は家の中に入った。

その視線の先には、慎之介を抱いた紀久と八重が、着物を捲《めく》って無心に何かをつまみ潰《つぶ》している。

そう……二人は、しらみを潰しているのだった。

この数か月、紀久は洗濯もままならず、衣類は汚れ腐って、しらみが湧いてこまっているのだ。

慎之介の出来物は膿をとるのに三か月かかった。それが効いたのかどうか、慎之介の症状は少し治まってきているようだが、今度は紀久の胸や首に出来物が出来始めたのだ。

慎之介が紀久の胸に顔をすりつけ、痒みを堪《こら》えていた為に伝染したのだろうと思ったが、紀久はひとときも慎之介を下に置くことが出来ないのだ。

ところが、夏の日差しが感じられるようになってから、慎之介の出来物は不思議なことに回復のきざしが著しくなった。

紀久の出来物も、それに比例して治ってきてはいるのだが、今度は家中にしらみが湧いて、鉄之助も御役所から帰って来ると、しらみとりに追われている。

まめに洗濯をし、部屋の掃除をして空気を入れ替えれば、しらみも退治できるのだろうが、こもりっきりの今の紀久の様子では望むべくもない。

せめて子守一人雇うことが出来たなら、紀久も洗濯も掃除もできるのだが、なにしろ子守に渡す給金がままならない。

ここ一年の家族の病で、医者に渡す薬礼も滞《とどこお》っているのである。

「あら、おまえさま……」

紀久が鉄之助を見迎えると、八重が鉄之助のところに走って来て告げた。

「おとっさ、八重はしらみをたくさんとったよ。ひい、ふう、みい、よう……こんだけ」

両手を突き出して、ぱあをして見せた。

「八重は目がいいのよ。私より見つけるのが早いんだから」

紀久は窪《くぼ》んで光る目を向けて笑った。

「うむ」

鉄之助も微笑み返したが、切なさで笑いが歪《ゆが》んだ。

紀久の胸はあばら骨が見え、白髪の混じった髪が幾筋も頰に落ち、その頰の肉は削《そ》げ落ちて、目ばかりぎょろりとした表情は、見るに堪《た》えない。

口には出さないが、紀久の衰えようを見ていると、這い上ることもかなわない深い穴の底に落ちてしまったような気になる。

それに近頃の紀久は、おばさは別にして、品川や栗本の内儀との行き来も絶っていた。

「せめて一度、町の風呂に出かけてみてはどうかの。その間、慎之介はわしが抱いておるゆえ」

そう言って勧めてみても、

「おまえさま、昼間に町のお風呂に参ろうと思えば、この形《なり》では恥ずかしゅうございます。かと申して、夕刻に参りますと、浜の女たちが参っておりまして、生臭い変なにおいがいたしますから……」

などと抗弁して、鉄之助の言うことを聞いてくれない。

鉄之助はだんだん紀久に何も言わなくなった。黙って見守るしかないのだった。それもこれも元はといえば一枚の着物も買ってやれぬ俺の不甲斐《ふがい》なさのせいだと、行きつくところは自分を責めるしかないのである。

しかし鉄之助も疲れていた。

昨日のこと、お役所で品川と栗本と三人でお茶を飲むことがあったのだが、その時、二人は紀久の様子を案じてくれて、力になれることがあれば何でも言ってくれと励ましてくれた。

鉄之助もつい、

「すまぬ。恩に着る」

礼を述べたが、ついぐちが口をついて出た。

「家に帰っても、家事と育児が待っている。休まるところがないのだ……」

そう零《こぼ》すと、二人は黙って頷いたのだった。

品川も栗本も十二石三人扶持《ぶち》を頂いている。家計の方は鉄之助とは随分の開きがあるが、品川の家ではまもなく第五子が生まれるし、栗本の家には三人の子がいて、皆子育ての真っ最中だ。

――こんなことなら、単身での陣屋詰の方が余程楽だったと思うことがある……。

鉄之助はそうも言いたかったが、その言葉は呑《の》み込んだ。

この陣屋暮らしは、家族が健康であること、それが全ての前提だ。家計のやりくり、精神面、育児や家事など暮らしそのものが、健康でなければなりたたない。

――桑名では風邪もひかぬほど健康だった紀久が……。

鉄之助はやり場のない思いをふっきるように、小鯛の鱗《うろこ》を取り、塩を軽くふってざるに並べると、

「これでよしと……八重、洗湯に参ろうかの」

振り返って快活に八重を誘い、

「紀久、そなたは行かぬな」

紀久に念を押してから外に出た。

八重の手を引き門を出たところで、鉄之助は立ち止まり、下方に広がる町を眺めた。

ふと、桑名の家を思い出した。桑名では鉄之助たちは、久太夫とは別の家を構えていたが、海が近く、よく夕日を見に行った。あの日々が遠いものに思える。

ここにやって来た時には、暮らしも桑名とさして変わるまいとたかをくっていたが、その考えは甘かったようだ。

紀久には言えないが、近頃では郷愁の念にかられるばかりだ。

随分女々しい男になっている、自分も心が病んでいると鉄之助は思った。

「おとっさ……」

八重が手を引っ張って心細そうな声を出す。

「八重……」

「どうしたの、おとっさ……」

見上げた八重がにこりと笑った。屈託のない笑顔だった。

「ほんとだな、どうかしている」

鉄之助は、笑顔を作って八重に言った。

「日が暮れぬうちに行ってくるか」

第十章

慎之介の出来物が治癒し、紀久の長い看病が終わりを告げたのは夏もまっさかりの七月だった。

生まれてまもなく出来物に襲われた慎之介は、数えでもう二歳になっていた。

長い闘病に耐えた慎之介には、発育の遅れが案じられたが、この所それを撥《は》ね返すように、良く乳を飲むし、時には粥《かゆ》なども口にするようになった。

母親の紀久の回復よりも格段に早く、それにつられるように紀久も体調を取り戻していった。

しかも一か月前から、お弓《ゆみ》という十一歳の子守が見付かり、紀久は慎之介をその子の背中に負ぶわせると、食事の支度に掃除に洗濯と、鉄之助が案じるほど良く立ち働いている。

あれほど悩まされたしらみも、今はその姿を見ることはなくなっていて、また糸を繰り始めている。

いや、糸繰に熱中して鉄之助が帰宅しても気づかないほどだが、鉄之助にしてみれば、紀久が元気になってくれたことが嬉しい。

ただ紀久は、昔の様に陣屋のかか衆と女振る舞いの会に出ることは余程のことがない限り無くなった。

先日も栗本の内儀が誘ってくれたが、紀久は断りを入れている。

陣屋での付き合いが役所の仕事に直結するだけに、鉄之助は紀久のかたくなな態度に頭を痛めているが、責めることは出来ない。

「紀久さんは態度が不遜《ふそん》だ」

「陣屋のかか衆じゃないとおっしゃるのか……」

陣屋の女たちのそんな陰口はやがて、

「かか衆の話にもうついていけないのでしょうよ。まあ、あの形ではねえ、恥ずかしくって顔を出せないのも分かりますけど……」

そう揶揄《やゆ》されては、紀久も可哀想だ。

実際鉄之助は、暗に紀久の着物をさげすむような言葉を耳に挟んでいる。

苛酷《かこく》な雪国でのお勤めを、せめて妻たちの親睦で乗り切ろうという意思で始まった集まりが、今や別なものになっているのではないか。陣屋を構成する同志を峻別《しゅんべつ》する物差しになっているのではないかと、鉄之助などは危惧している。

そうであれば、

——女たちの振る舞いの会が必要なのかどうか……。

弊害になっているのではないかと考えるのだ。

男たちの振る舞いの会が多いことについても、あまりに無節操ではないか、鉄之助はそんな疑問を抱いているのだった。

その疑問は、その日やって来たおばさの言葉で裏打ちされた。

おばさはこう言ったのだ。

「鉄之助さ、お紀久さ、大変だ。栗本のかか衆たちが先日行った女振る舞いに、柳町の芸者が呼ばれていたらしいんですよ。謡《うた》わせたり踊らせたりして楽しんだらしくってね、それが下横目にばれてしまったとかで、今みんな息を殺しているらしいんです」

何かお咎《とが》めがあるんじゃないかと女たちは戦々恐々としているらしい。

この一件はまもなく、女たちの亭主に、監督不行き届き、以後振る舞いは質素に行うようにとお達しがあった。

しかし、そんな触れなど一月も経たぬうちに反故《ほご》にされ、後には鉄之助の日記に、このように記される。

「女の客は男の客よりかえって物入りのように存じ候《そうろう》。男子の客はいずれの方にても、刺身、大平《おおひら》、鉢、丼らおよそ五種くらいはみな魚類にいろいろあしらい、見事に取り飾り候ことなり。吸い物も一通り出そうらえども、めしはただ茶漬け、或は麦めし、大根めし、あるいはそば切りにて、平皿、汁もなし。これは通例の呼ばれなり。何ぞひとかどある時は、本膳出るなり。女の客は、紀久の話によれば、刺身、吸い物はなし。されども男同様、魚物にて大平、鉢など三種ばかり、他にあえもの等にて五種に致し、膳部は平皿、鉢も付きみな魚類なり。汁はつみ入れ、青菜等なり。めしの後、大豆煎《い》り出し候故、かえって出費は男よりかかり申すべしや。しかし酒は男程は入り申すまじきと存じ候」

とそのお客の内情に触れ、続けて、

「近頃諸方にて毎晩のように男女の客あり。気も魂も消えゆく様に存じ候えども、よばれるばかりでは、人面獣心義理知らずなどと、風聞もはかり難く候えども、客などは致さずとも、煙たてかね、困窮いたし居り候もの、いかとも致すべきよう無き候」

などと呼ばれれば出席するものの、その返しの客を呼ぶことは出来ぬ貧乏を嘆いている。

その嘆きはしかし鉄之助だけのことではなかった。

鉄之助より石高の高い品川や栗本にしても、毎夜の呼ばれには困惑していた。

だから三人の間で行う振る舞いは、二、三百文の会で大金を使わぬようにしているが、他者との間ではそうもいかず、三人は愚痴をこぼし合うのであった。

「いかなる晩にても、陣屋内では三軒か四軒の振る舞いの客あり。御預所（幕府の領地を預かり管理している役所）はもちろん、後本地御代官、郷手代のところにては、例えば春うちには少なくても六、七度ずつは客あるよし。ただ案じられ候事は、又かように奢《しゃ》に長《たけ》し候はば、挙句《あげく》には、生田萬ごとき狼藉《ろうぜき》でも招く様なる事なければ良きがと、毎度案じおり申し候」

鉄之助が御役所に出かけたあとで、この日記を読んだ紀久は、夫が自分と思いを共有していたことを知り、救われた心地がした。

だが女に、自分に何が出来ようか。せいぜい糸繰を精出してやることしかないのだと、糸の染色は何にしようかなどと考えているその時、

「お紀久さま、お久しぶりです」

柏崎町の呉服屋『今井屋』のおかみで、おいねという女が入って来た。

「いつぞやはお世話になりました」

紀久は礼を述べ、冷やした麦茶を出した。

この陣屋にやって来て、鉄之助が初めて検見《けみ》に出ることになった秋のこと、綿入れ半纏《はんてん》の生地を用意してもらったのが、陣屋出入りの今井屋だったのだ。

今井屋には古着を世話してもらったのだが、おいねは快く引き受けてくれ、体調の良くなかった紀久に代わって綿入れに仕上げてくれたのも、おいねだったのだ。

その後は八重の単衣ものや鉄之助の下帯にする晒《さらし》などは買い求めたが、古着さえ買う銭のない紀久には、呉服屋は遠い存在だ。

だがおいねは、上客だけにとりいる商売っ気むき出しの女ではない。

「いや、ずいぶん暑くなりましたね」

上がり框《かまち》に腰かけ、袖でぱたぱたと風を送ってみせると、

「でも、お紀久さまもおぼっちゃまもお元気になられてようございました」

美味《おい》しそうに麦茶を飲みほし、

「いやね、お紀久さまのお手が空《す》いているのなら、お元気になられましたらのことですが、うちの仕立てをお願い出来ないものかと思ったものですからね。でも、おいそがしそうで……」

ちらと、居間にある糸繰の機を見遣った。

「ありがとうございます。あちらの仕事が終わりましたらぜひ……」

紀久も糸繰機を見て言った。賃仕事をしたいと思っていたところだった。

「じゃあそのうちに……」

おいねは立ち上がって暇《いとま》を述べたが、

「そうだ……」

座りなおすと、

「お紀久さま、お紀久さまはお信さんを良く御存じで……」

突然お信の名を出して訊《き》いてきた。

「ええ、こちらの陣屋に物売りに参っていましたから」

「ああ、それで……実はね、一度小間物を買いに里見屋さんに参りました時に、お紀久さまの話が出ましてね。お信さん、お紀久さまのことも、旦那様の鉄之助さまのことも、本当に立派な方だとおっしゃってね」

「まあ……」

紀久は笑みを頰に載せた。そんなことを言ってもらったのは初めてだ。

「ごめんなさいね、こんなことを申し上げたら失礼かと存じますが、お信さんの言うのには、渡部さまが質素に慎《つつ》ましくお暮らしなのは、あのお方が清廉潔白、百姓に対しても公平で、何事に対しても付け届けや賄賂《わいろ》などには手を染めることのないお方だからだと、そう言ってましてね」

紀久は苦笑した。夫の評価を、こうしてこの土地の人から聞くのは初めてだった。
お信は、紀久が陣屋内のどの内儀よりもみすぼらしい身なりをしていることは良く知っている。

質素とか慎ましいとかいう範疇《はんちゅう》を超え、武士の対面も保てないほどの情けない暮らしなのだが、それを褒《ほ》めてくれたとは——。

「お紀久さまについてもね。そういう旦那さまに、しっかりと寄り添ってお暮らしだと……」

「買い被りです」

「いいえ、それは私も同じ気持ちです。お信さんは、言ってましたよ。お紀久さまとはもう少し、ゆっくりとお話をしてみたかったって……」

「私も、お信さんがこちらに来て下さるのを楽しみにしていたのですよ。いつか里見屋さんに参ってみます」

「それがですね、お信さん、里見屋さんから出ていきましたよ」

眉を顰《ひそ》めた。

「まあ、何時《いっ》のことですか？」

紀久は驚いて訊き返した。

「もうひと月になるかしらね。里見屋の旦那はケチに毛が生えているような人ですから、お信さんも窮屈だったんじゃないでしょうかね。だって田舎のおっかさんに仕送りしなきゃあって、言ってたんだから」

「それで、どちらへ？」

「それが、近江屋《おうみや》っていう旅籠《はたご》屋で飯盛り女になったって聞いてますよ」

「近江屋で、飯盛り女……」

「里見屋さんの顔はまるつぶれ、まあ、身から出た錆《さび》ですからね。短い縁だったとはいえ、離縁した女房が飯盛り女になるなんて……」

「………」

「考えてみればお信さんも気の毒な人です。生田家で女中をしていたということが災いとなってしまって、あの乱のあと、誰も雇ってはくれないんだから、生田の乱で、人生狂ってしまったようなものですよ」

おいねはそう言うと、

「さてと、あんまり油売ってると亭主に叱られます。お紀久さま、ではまた頃合いをみてお伺いいたします」

ああ、暑い暑い、などと言いながら、帰って行った。

――お信さん、お気の毒に……。

紀久は、懸命に生きるお信の胸中を想い計った。


「紀久、ひょっとして桑名に帰れるかもしれぬぞ」

その日お役所から帰宅した鉄之助は、思いもよらぬ言葉を告げた。

「まことでございますか」

紀久は、台所仕事の手を止めると、手を前垂れで拭きながら鉄之助を迎えた。

「うむ、まもなく品川や栗本がやって来る。お前も側で話を聞くといい。そうだな、今あるもので良いから酒の用意もしてくれ」

「お前さま、あるものと言っても……こまりましたね」

「無ければ漬物でもいいんだ。そうだ、かぼちゃがあったではないか」

鉄之助は昨日百姓から買ったかぼちゃの事を言った。

「茄子《なす》もございます」

「それでいい、十分だ」

鉄之助は奥の座敷に入って袴《はかま》を脱ぎ始めた。

紀久はお向かいに走って、おばさに鰯《いわし》の一夜干しを分けて貰《もら》った。

それと青菜のおひたしも用意して、奥の座敷に並べていると、まもなく栗本が顔を出し、品川もやって来て、もう一人、郷手代の添田という人物も顔を出した。

紀久も八重に食事を出し、慎之介を抱きかかえて、末席に座った。

すると鉄之助が、皆が揃ったのを確かめるように見渡してから、こう口火を切った。

「本日江戸藩邸から坂崎《さかざき》さまが参られての、いろいろと今江戸で起こっている政治向きの話をお聞きしたのだが、その話をする前に、前段の話があってな、まずはそれを、作助、あの話をしてくれぬか」

鉄之助がまず栗本作助に話を振った。

「うむ、皆聞き及んでいるだろうが、新潟湊が長岡藩領から幕府に取り上げられた。新潟湊は近年各地の物資の中継地点になっていた。新潟への物資の搬入、搬出はもとより、全国各地の物資が新潟湊を経て、松前へ、或は大坂へと運ばれていた。長岡藩にとっては多額の運上金を稼ぎ出す重要な湊だった。一万両余を長岡藩に落としていたらしい。それが、このたび幕府の直轄領となったのだ。真相は噂《うわさ》では抜け荷があったからだと言われている。その証拠を幕府隠密に押さえられて湊を取り上げられたと……。天保の御改革が始まって、こういった、大名領が幕府に取り上げられるという話は多くなっている。このところ、あちらこちらで藩領は召し上げられているのだ」

作助は神妙な顔で言った。

「外国船のせいでしょうか？　……押し寄せてくるんじゃないかと、恐ろしいことを言うものもいる」

添田が言った。

「国は全体不安になっている」

口を挟んだのは品川十四郎だった。

「飢饉《ききん》があったのはついこの間で、その傷はまだ癒されてはいない。しかも天候の不順でいずこ方も減収となっている。そこへ外国の船がたびたび開港を迫ってやって来ている。防備を整備するにしても金が無い。幕府は一石でも増収したい。そう考えても不思議はない」

品川の言葉に皆頷いた。品川は続けた。

「そこでだ。このところ幕府は、水野忠邦様の号令のもと、大名領の領地を取り上げて替地を渡し、また大名が預かって徴税していた御預かり所を直轄領にして、少しでも幕府の税収を増やそうとしているようだ。今日、鉄之助と御奉行にお会いしたが、お奉行はこのように申されたのだ……大坂、安房《あわ》、上総《かずさ》などの大名領を、幕府は既に百万石あまり幕府の御領所に組み入れられた。その代わりに、遠国の御預かり所、または御領地を御替地として下されるという算段だ。おそらくその為かと思われるが、わが桑名がお預かりしている当地の取箇《とりか》はいくらか、ここ五年ほどを調べあげて平均値を出し、また検見を行って今後の増収の可否を調べよとのこと……」

「なんと……」

添田が驚きの声を上げた。

「実はわしは、公事方退切《くじかたのっきり》から、御預かり所に配置換えを言われたのだ」

品川十四郎が、苦い顔をして言った。

「まことか、十四郎」

作助が訊き返した。

「まことだ。それで鉄之助に頼んで、一緒にお奉行に面談してもらったのだが……」

十四郎の顔は途方に暮れている。

「…………」

皆は気の毒そうな顔で品川を見た。

無理もない。品川の内儀は、まもなく第五子を出産の予定である。

その子が生まれれば子供は五人、内儀一人の手には負えない。亭主が御預かり所の検見で長い間家を空けるなどということは、無理な話なのだ。

ここは桑名ではない。周囲に手助けをしてくれる両親や兄弟がいる所ではない。

産後は夫の協力なしでは、日々の暮らしにも事欠くのだ。

品川十四郎は困り果て、しかしそんな私的なことはさすがに自分の口からは言い出しにくく、鉄之助になんとか仕事上の口実を設けて御預かり所勤めの話は取り消してもらいたいと頼んだが、

「品川に今退切を抜けられたら詮議に支障が出ます。とても私一人では裁けません」

鉄之助のそんな訴えも、御奉行は首を縦に振るどころか、忙しいと訴えているその鉄之助に、

「渡部にも頼みがあるのだ。そなたにはこの陣屋が領する土地全てを、これも五年間の取箇《とりか》を調べ、平均値を出し、更に税収の可否を診断してもらいたい」

更に重い役を鉄之助は言い渡されてしまったのだ。

「俺も難しい公事を七件もかかえている上に、わが藩の、この地の出来高を五年間分

調べ上げ、その平均値を出せと言われた時には……」

鉄之助は深いため息をつき、

「この陣屋の調べについては、責任は俺一人の肩にかかる。憂鬱《ゆううつ》なことだ……ただ」

困惑しきっていた鉄之助の顔が、急に光を受けたように変わった。

「やはりわが桑名にもお鉢が回ってきたか……そう思ったのだ」

皆の顔を見渡した。

「どういうことですか、渡部さま」

添田が訊く。

――何のお鉢が回ってきたというのかしら……。

聞いていた紀久は、まだ鉄之助たちが言っている意味が分からなかった。なにしろ政治のことなど何も分からない。まして桑名藩の話ではなく、幕府とかの話とは……。

紀久は作助の次の言葉でようやく分かった。

「つまりこういうことだな。御預かり所の取箇を調べさせ、またこの陣屋管轄のわが領も調べろということは、幕府の直轄になるか、或はいずれかの大名の替地になるということかもしれぬと……」

「そういうことだ」

鉄之助が、少し興奮した声で応えた。

「そうなると、この陣屋の役人は桑名に帰れるということですか」

郷手代の添田は、嬉しそうな声を上げ、

「それはいい！」

思わず膝を叩く。

すると作助が続けた。

「陣屋全員が桑名に帰るとなれば、桑名の城下に、柏崎町とか、越後町とかいう町が出来るかもしれんな」

作助の声がはずんだ。

——そうか、そういうことだったのか……。

紀久も嬉しくて、微笑《ほほえ》みを湛《たた》えてみんなの顔を見渡した。

「仮に……」

品川が尤《もっと》もらしい顔をつくって言った。

「領地替えが御預かり所だけの話であっても、役人の数は今のようにはいらなくなる。さすれば、近年ここにやって来た桑名者が向こうに戻る、そういうことになるんじゃないか」

「ならば悪い話ではないな。十四郎も鉄之助もご苦労だが、頑張って調べ上げてくれ」

作助の言葉に、どっと笑い声が起きた。もうその日が来るのは間違いないと確信しているような、明るく屈託のない笑い声だった。

緊張して始まった桑名者たちの話は、最後は桑名に帰れるに違いないという夢のような話で終わったのだった。

一同が引きあげた後、帰れるという喜びが湧きあがってくる一方で、紀久は胸に小さな疼《うず》きを感じていた。

――とうとう私は、番神の梅の木が花をつけるのを見届けることができないまま桑名に帰ることになるのだろうか……。

実は紀久は今年の春先に、陣屋の小者に頼んで梅の様子を確かめにいかせていたのである。

慎之介の出来物も治らず、自身も落ちこみ、先の見えない時だった。

「今年もどうやら花は咲きそうにありません。蕾《つぼみ》を探してみましたが、一つも見当りませんでした」

小者の報告に紀久はがっかりした。

だが、花をつける日は必ず来る。紀久はそう信じた。

だが、近頃ではこうも思うようになっている。

――番神の梅が、この柏崎の地で花を咲かせたその時には……。

ここで、この地で、桑名のことなどきっぱり忘れて、どんなことも乗り越えて生きていけそうな気がする。

紀久がそんな思いに至ったのは、慎之介の病を治してほしい一心で番神堂の方角に手を合わせ、

――桑名に帰れなくてもいい、どうぞ、慎之介を救ってほしい……。

朝な夕なに祈りを続けて、聞き入れてもらったという気持ちがあるからだ。

また、これまでの暮らしの中で、柏崎の人々との心あたたまる交わりは、孤独な紀久を変えてくれたし、たびたび陣屋の門番に、番神の霊水を届けてくれた弥助の成長も、紀久の心を慰めてくれている。

少しずつ、この地に足をつけて暮らすのもよいのではないかと思うようになっていたのだ。

しかし、こうして母子ともども元気になり、桑名に帰ることが夢ではなくなってみると、やはり帰りたい思いが胸いっぱいにふくらんでくるのを、どうすることも出来

ない。

紀久の胸には、戸惑いと期待が渦巻いていた。

第十一章

紀久は久しぶりに一張羅の袷《あわせ》の着物に袖を通した。

嫁入りの時に持参したこの一枚だけが、人の前に着ていける着物である。

脱ぎ置いた着物は、鉄之助がお役所に着ていた古着を仕立て直したもので、傷みがひどいところは、裏に添え布を当てている。

それを横目に見て、紀久は帯をきりりと結び、衿《えり》を整えた。

不思議なもので、この着物を身に着けると、気持ちもしゃんとする。

紀久は風呂敷包を抱えると、戸を閉めて外に出た。

今井屋のおいねに頼まれた仕立物を届けるためだ。

待っていればそのうちに、おいねが受け取りに来てくれる筈《はず》だが、今日はどうしても町に出かけたくなった。

ずっと胸に秘めてきたことで、出かける頃合いを見計らっていた。

決心したのは今朝のことだが、紀久は遊びに出ようとした子守のお弓と八重に、

「お向かいのおばさに頼んでありますからね。困ったことがあったらお向かいに行きなさい」

そう言いおいて陣屋を出た。

紀久はゆっくりと町への道を下って行った。

ここひと月、紀久は気持ちが塞《ふさ》ぎ、再び迷路に踏み込んだような日を過ごしていた。

その原因は、すぐにでも桑名に帰る日がやってくるという夢が、あっけなく立ち消えになってしまったからだ。

そんな結末を迎えるとはつゆ知らず、鉄之助は八面六臂《ろっぴ》の張り切りようで陣屋の領地五年間の取箇の詳細を調べ上げたにもかかわらず、突然話はとん挫し、そればかりか、鉄之助は急遽江戸の藩邸に赴かなければならなくなったのだ。

とん挫の理由は、どうやら老中水野越前守の改革がことごとく裏目に出て、改革どころか、その失態の責任を水野自身が問われるのではないかという幕政の成行にあるらしい。

「天保の改革は失敗に終わった。よって予想していたような事は起こらぬ」

鉄之助は、紀久にそう説明したのだ。

天保の改革とやらがどのようなものなのか、紀久はよく知らない。夫の日記を覗《のぞ》いても、改革の詳しい話などは記していない。

何がどうなってこうなったのか分からないが、桑名に帰れなくなったということだけは間違いないらしい。

希望が失望に変わったその日、紀久は歯痛で食事もままならず、豆腐を売りに来たおばばに灸《きゅう》をすえて貰っていた。

歯痛はそれで治まりはしたが、落胆は一通りではなかった。

「ならば、どうして、お前さまが江戸に呼ばれるのでございますか」

紀久の問いに、鉄之助は苦笑して答えた。

「何、案ずることはない。調べ上げた数字の説明だ。最初の目的はどうあれ、このたび調べ上げたことについては、今後の参考になる。そこでお奉行が『おぬしでなければ江戸藩邸の方々に、詳しく説明は出来まい』そう申されてな。しっかり留守を守ってくれ」

紀久は、その日から数日の間、鉄之助の江戸出発の支度に忙殺された。

今井屋に頼み込んで、古着の納戸色の着物を一枚、それに下着や下帯など買いそろえたが、支度金の一両すべてを使う訳にはいかず、代金の一部は、紀久が今井屋の仕立物をすることでやりくりをつけた。

それが今届けようとしている仕立物のことだ。

「おそれいります。わざわざお届け下さいまして、ありがとうございます」

今井屋のおいねは、紀久を奥の座敷に通すと、お茶と菓子を出し、

「お紀久さまのお仕立ては、とても良い仕上がりでございました」

愛想を振りまいて労《ねぎら》った。

「こちらこそ、その節には無理をきいていただきまして助かりました」

紀久は、鉄之助出発準備の折、世話になった礼を述べ、出された膝前の菓子に目をやった。

「……！」

菓子は餅菓子だった。柏崎町にある『松葉屋《まつばや》』のものらしかった。薄い生地に小豆のあんこがたっぷり入っているとかで、陣屋でも美味《おい》しいと噂がある菓子だ。紀久などむろん食べたことはない菓子だが、薄皮を通してあんこの色がほんのりと映っている。

紀久は、迷いなく懐《ふところ》から懐紙《かいし》を取り出すと、餅菓子を包んで巾着に入れた。八重に食べさせてやりたかった。

そしてお茶を飲み干すと、

「おいねさん、私はこれから旅籠の近江屋さんに行ってみようかと思っているのです」

微笑んで告げた。

「近江屋に……」

おいねは驚いて、紀久の顔を見返した。

「ええ、お信さんに会ってこようかと思っています」

「およしなさいませ。あの旅籠は女郎宿も同然、あんなところにお紀久さまが顔をお出しになってはなりません」

おいねは、強い口調で言った。

「でも私、何故かあの人のことが気になって」

「いけませんよ。渡部さまの御留守にそんなこと……つまらぬことで渡部さまに差し障りがあってはいけませんし……。あの人は、生田萬の家で女中をしていた人ですからね。ああ、私があんなよけいな話をしたものだから……」

「いいえ、私はおいねさんから話をお聞きする以前から、お信さんのことはずっと気になっていたんです。それに、お信さんは、たまたま生田家で女中をしていただけではありませんか。そんな理由で世間が狭くなる、世間からのけ者にされるなんておかしいと思います。おいねさん、お信さんの実家は小百姓と聞いています。口べらしというか、家を助けるために町に出てきて、女中奉公をしていたのです。乱に参加した訳ではありません」

「まあ、そりゃあそうでしょうけどね……」

おいねは困った顔で頷いた。

「お米を作るお百姓は、お米を食べられない。雑穀をまぜたご飯を食べているって話もお信さんから聞きました。驚きました。私の知らない話でした」

「お紀久さま、町の者だって、倹約する家では大根飯ばかり食べていますよ」

「その大根飯でさえ、お米を作っているお百姓さんは食べていないのです。そんな暮らしの中でも、皆、必死に生きている。お信さんの話からは、そんな様子がうかがえました……」

中でも、若い娘たちが田んぼの中に二布一枚で入り、泥の中にどっぷりと両足を入れ、陽気に歌いながら田植えをする話は、まるで自分がそこでその様子を見ていたように、頭の中に残っている。

米は作っても口にすることがない稲の苗を、娘たちは田植え歌を高らかにうたいながら植え付けて行くのである。

そういう境遇にいたお信が、町へ出てきて女中になったのには、第一に口減らしのためだという、のっぴきならない事情があったのだ。

「私が会いに行ったところで、お信さんの力になれるわけではございませんが……」

紀久は口を噤《つぐ》んだ。

この気持ちは説明できないと思った。

下級武士の陣屋の妻として暮らして来たこの五年間、世間に疎く、政《まつりごと》などむろん何も分かりはしない紀久が、お信が貧困のために苦労をしてきたということだけは、自分のことのように胸に響いたのだ。

そのお信が飯盛女とさげすまれる身分に堕ちているという。

――このまま知らぬ振りはしていられない……。そんな思いが紀久をつき動かしているのである。

「お紀久さま……」

黙って聞いていたおいねが言った。

「分かりました、私もご一緒いたしましょう」

宿場町にある旅籠の近江屋は古い宿だった。

昔は宿場でも繁盛していた宿だというが、亭主が亡くなり未亡人が経営するようになったころから、飯盛り女を置くようになったという。

むろん勝手に置いている訳ではない。ちゃんと役人に許可も貰っている。

「あら、おいねさんじゃありませんか」

玄関に出て来た女将《おかみ》は、おいねに親しそうな笑みを送って来た。

名をおみつというらしいが、今井屋の客だというから、おいねとは懇意の仲らしかった。

「いえね、今日はこちらに頼みごとがあって参りました」

おいねが告げると、おみつはおいねの側に立っている紀久を見て、何か、と怪訝《けげん》な顔を作った。

「ほら、この間から、こちらに奉公しているお信さんにね、この方が会いたいって、そうおっしゃるものですから」

「紀久と申します。ほんの少しの間でよろしいのです」

側から紀久も頼んだ。

「おいねさんに言われちゃあ断れないわね」

おみつは笑って、二人を帳場に上げた。そして、すぐに女中にお信を呼びにやらせ

ると、

「じゃ、おいねさん、お帰りの時には声を掛けて下さいな」

女将のおみつは部屋を出て行った。

「源《げん》さん、お風呂場の前の薪割《まきわ》り、お願いしますよ」

部屋を出て行ったおみつが、下男に大声で指図しているのを聞きながら待っていると、

「お久しぶりでございます」

お信が部屋の入り口で手をつき、挨拶をしてから入って来た。以前より化粧は濃く、着物も派手だったが、お信の表情は昔と変わりなかった。

「よかったこと、お元気そうで安心しました」

紀久は言った。どんな言葉をかけてよいものかと胸を痛めていたのである。

「お紀久さまもおかわりなく……」

「お信さん、お紀久さまは、どうしてもあなたの顔を見て帰りたいっておっしゃってね。それでお連れしたんですよ」

おいねが言った。

「嬉しいです。私を訪ねてきてくださる方があるなんて……」

お信は寂しげに笑った。

「お信さん……」

「実は私、里見屋から離縁を言われた数日前に、おっかさんが病で倒れたことを知りました……」

「まあ……」

紀久は、おいねと顔を見合わせた。

「それで私……」

少し目を落として薄い笑みを口元に載せると自嘲《じちょう》するように言った。

「離縁を言い渡された旦那に、お金を少しいただけないかと頼んだんです」

「…………」

「でも、断られました」

「そうでしょうね、あの人らしいね」

おいねは納得したように頷いた。

「とにかくお金が欲しかったんです。面倒をみてもらっている兄夫婦に、母の治療代を送りたかったんです。それでここに飛び込み、おかみさんに頼んだんです」

紀久は頷いて、

「たいへんだったんですね」

お信の顔を改めて見た。先ほどは以前と変わりない様《さま》に思えたが、やはりお信の表情には辛苦の跡が刻まれているのが分かった。

「おかみさんは快く受け入れて下さいました。そのお蔭で当座のお金を送ることができました」

「ご立派ですね。私など、桑名の実家の母には心配ばかりかけていて、まだ孝行のひとつも出来ていません」

「私のおっかさんは、私を産んだばっかりに、しなくてもいい苦労をしてきていますから。後ろ指さされながら、私を育ててくれたんです。ですから……」

「そう……私たちはそんな事はちっとも知らなかったから、どうしてまた、ここに奉公することになったんだろうねって言っていたんですよ」

おいねが言う。

「心配かけてすみません。実は私、村に迷いこんだ素性の分からない浪人の血をひく子供なんです」

お信は苦笑した。

「まあ……」

驚いた紀久とおいねに、お信は思い切ったように生いたちを話し始めた。

それはお信が十三歳になった時の事だった。

村の庄屋の家に母親の使いで行った時に、庄屋の家で長い間下女をしている人に台所に呼ばれて、

「まあよく育ったものだね。あんたのおっかさん、おるいさんは大したもんだね。行き倒れのご浪人と不義してできた娘のあんたを、食うや食わずの暮らしをしながら、徳治《とくじ》さと同じように、立派に育て上げたんだからね」

にこにこして言ったのだ。徳治というのはお信の兄のことだ。

下女は悪気があって言ったのではなかったろう。久しぶりに会ったお信が大きくなっていて、それを感心して言ったに違いないのだが、そんな話を初めて聞いたお信は息が詰まるほど驚いた。

すぐに家に飛んで帰って、激しい口調で母親のおるいを問い詰めた。

すると母親は、観念したような表情をして、何時かは話そうと思っていたのだけど、そう前置きすると、

「確かにお前の父親は兄ちゃんの父親とは違う。お前の父親は、この村に怪我を負って迷い込んだ浪人の羽村《はむら》さまという人だ。だけど不義なんかじゃねえよ。その時には、

徳治のおとっつぁんは亡くなっていたんだから」

そう言ったのだ。

浪人羽村は鵜川の水を飲みに川に降りようとして、茂みの中で猪《いのしし》退治の罠《わな》に引っ掛かって深い傷を負っていたのだ。

そこでおるいは、庄屋にこの事を届け出て、傷が癒えるまで納屋で面倒をみるという許しを得たのだ。

この村では、見知らぬ旅人などを勝手に泊めてはいけないことになっていた。そういう輩《やから》が、空き巣に入ったり、村人を傷つけたりすることがあるからだった。黙って見知らぬ人を泊めれば、お咎めを受けるという村の掟《おきて》があったのだ。

だが、正直におるいが届けたことで、未亡人が浪人を匿《かくま》っているという噂は、あっと言う間に広がったのだ。

だがおるいは気にしなかったようだ。熱心に傷の手当てをしてやった。浪人羽村の傷は十日ほどで治ったという。

だがその間、羽村の世話をするうちに、おるいと羽村は深い関係になっていた。

やがて羽村は、村を去った。そしてまもなくおるいは妊娠していることに気づいたのだ。

「でも後悔はなかったんだよ。迷わずお前を産もうと思ったんだ。知り合いの中には、子を産めば浪人と深い仲になっていたことが分かって後ろ指を指されることになる。今だったら誰にも知られずに子はおろせるんだからって勧めてくれたけど、おっかさんはね、あの人が好きだった。本当に好きだったんだよ。だからね、お前は生まれてくれてありがとうさ。お前がいたから、食うや食わずでも、女手ひとつで今日まで頑張れたんだ」

その言葉に、お信は救われたのだった。

「だから私、自分のことを恥だと思ったことは一度もないんです」

話し終えると、お信は清々《すがすが》しい顔をみせた。

紀久もおいねも、驚いて聞きながら何度も頷いていた。

紀久はお信が、人一倍母を想い、仕送りに一生懸命なのも分かる気がした。

お信の顔には、なんというか、ありのままを受け入れて生きている、そんないさぎよさがみなぎっている。

「お紀久さま」

お信は紀久に顔を向けた。

「私、いつかお紀久さまに、私の昔の話をしようかなって思ったことがあります。物が売れなくて、人から白い目で見られて、どうしてこんな苦労なことばかりが襲ってくるのだろうかと思った時です」

「ええ」

紀久は頷いた。

「でも、私、お紀久さまが陣屋の暮らしの中で耐えている姿を拝見して、それで力を貰ったような気が致しました」

「とんでもない、それは私の方です」

紀久は言った。だがすぐにお信は返して来た。

「いえ、本当です。さすがは陣屋の御新造さまだと思ったんです」

「………」

紀久は半信半疑の思いで改めてお信を見た。

お信は紀久が貧しく暮らしていることを言っているのだろうが、紀久は事あるごとに、貧困を怨む言葉を夫に並べ、着物の一枚も買ってほしいと訴えている。お信が想像するような武家の妻としての覚悟があってのことではないのだ。

「私、そう思った時、ああ、そうだ、生田のおかみさまもそうだったと……」

なんと突然、お信の口から乱を起こした生田の名が飛び出した。

紀久とおいねは顔を見合わせたが、お信は話を続けた。

「私、本当のことを言うと、以前はもっと弱い人間でした。人の幸せを羨《うらや》み、自分の不幸を嘆いていました。でも、あの生田家に女中に入り、おかみさまの鎬《こう》さまの最期の潔《いさぎよ》さを目《ま》の当《あ》たりにして、私など、本当に生きていく覚悟のない人間だって思ったんです」

「お信さん……」

おいねは言葉を挟んで、早く生田の話は終わらせようと、

「聞いていますよ。最後は牢屋《ろうや》で、わが子二人を殺し、自害して果てたと……」

そう言ったが、お信は声を潜めることもなく話を継いだ。

「鎬さまはお役人が召し取りに参りました時に、しばらく待たせて衣服を整え、それから引っ張られて行きました。去り際に私たち女中二人にこうおっしゃいました。家の後の始末を頼みますと……。もう覚悟を決めていたのです」

「………」

「おいたわしい……私たち二人は泣きました。すると鎬さまは静かに笑みを浮かべて『私のために泣いてくださってありがとう。でも私は、生田と歩いた人生に悔いはございません。生田の妻で幸せでございました』そうおっしゃって引かれていきまし

た。あの、鎬さまのことを考えれば、私など覚悟がなさすぎる。そう思った瞬間、とても気持ちが軽くなったように思います。物への執着が無くなったようにも思えます」

「お信さん……」

紀久は、お信の手を握った。

お信は紀久より五つは若いのではないか。その若いお信が辿《たど》って来たこれまでの年月を考えると、紀久はお信の手を握らずにはいられなかった。

「お紀久さま、私、大丈夫です。きっとそのうちに、ここから足を洗って、今度こそいい人を見つけて、ええ、おっかさんのように、心底好いた人を見つけて……」

決心を述べるお信は、紀久の手を握り返し、言葉を詰まらせた。

「お信さん、お体だけは気をつけて下さいね」

紀久は言った。

だがそう言いながらも、本当にそのような日が来るのかと、ちらと不安が頭を過《よぎ》った。

「ごめんさい、奥にお詰め下さいませ！」

おばさが大声をあげて、やって来るお客を奥の座敷に送り込む。

「すみません、こちらに置きます。お皿はこちら、お箸はこちらです」

お客の輪の中を飛びまわって御馳走《ごちそう》を配り、皿を置き、盃《さかずき》も配りと、忙しく立ち働いてくれているのは、栗本の内儀である。

渡部家の家には奥の座敷や茶の間まで、大勢の人たちで一杯になっている。

江戸の藩邸に報告に向かった鉄之助が、本日九月二十四日夕七ツ帰陣したのだった。

集まっている面々は鉄之助の帰陣を待ちわびていた人たちで、江戸での報告を聞こうとやって来たのだが、帰陣早々勘定頭や勘定奉行などお歴々に呼ばれて、鉄之助は足湯を使っただけで旅装のまま、陣屋の御役所に向かい、まだここには戻っていない。

渡部家では昨日黒井から渡部鉄之助柏崎到着の先ぶれを聞き、大変な騒ぎとなっていた。

陣屋の下男や中間《ちゅうげん》にも頼み、陣屋の井戸から水を汲《く》んで風呂に運び、炭で風呂を沸かし、湯上がりの着物を揃え、中間の市平たちに頼んで魚を買いにいかせていたのだ。

調理は、市平やおばさたちが音頭を取って、手伝いに来てくれたかか衆たちが仕上げたものだ。

「それにしても、ずいぶん念入りに報告させられているようだ」

おばさが言った。

「今日ばかりは、お先にどうぞという訳にも……」

紀久も心配顔で並べられた馳走を眺めた。そろそろ半刻《はんとき》も過ぎようとしている。

家の中は待ちくたびれているとはいえ、四方山《よもやま》ばなしに花が咲き、いっそう賑《にぎ》やかだ。どっと笑いが起きたその時、

「おとっさが帰って来た！」

家の外で父親の帰りを待ち望んでいた八重が、家の中に飛び込んで来た。

八重も嬉しいらしく、声が弾んでいる。

「みんな、すまぬ。お待たせした」

日焼けした鉄之助が帰って来た。

皆も銘々に声を掛ける。

鉄之助は八重に、土産の紙人形と、ままごとの包丁などを手渡すと、頭をなでてから皆の前に座った。

「鉄之助、長旅、ご苦労でござった」

品川十四郎が代表して労った。

「ありがとう」

鉄之助は皆の顔を見渡した。

江戸を発《た》つ時には、このまま東海道に道を取って桑名に帰りたいものだと思ったが、こうして陣屋に帰って来て妻子の顔を見、皆の顔を見れば、どうして、この仲間たちと手を携えていかずしておかれようか……皆桑名に帰りたい気持ちを抑えてお勤めをしているのだという思いに戻る。

「で、どうだった……幕府はこの陣屋をお召し上げにはならぬ、その予想は当たっていたのか……」

期待顔半分、不安顔半分の栗本が訊いた。

「結論から申せば……」

鉄之助は皆の顔を見渡して、

「われらはこれまでと同じだ。だから桑名に帰れるという話は、ない」

ひと時ざわめきが起こった。

桑名に帰りたいと期待していた者は落胆のため息をついたし、代々柏崎在任の者は、ほっと安堵《あんど》の声を上げる。

「よかった。おおかた予想はしていたけど、鉄之助さが江戸に呼ばれて、やっぱりこの地は返上して桑名に戻る、なんてことになったら、どうしようかと思っていましたよ。だって私もそうだし、連八郎など桑名の地を踏んだこともないのですから……」

おばさがそう言って喜ぶ脇で、紀久は肩を落としていた。僅《わず》かな希望もこれで潰《つい》えたという無力感で一杯だった。

鉄之助が江戸に出立する前には、大方の人間が一度は燃え上がった桑名帰藩を諦めていた。それが鉄之助が呼ばれて急ぎ江戸藩邸に向かった直後から、ふたたび柏崎の領地は幕府に返納して、桑名の地に代替地を拝領するのだという噂が飛び交い、陣屋内では悲喜こもごもの予想が渦巻いていたのである。

渡部家に集まった人たちは、鉄之助の報告に一瞬言葉を失ったが、

「まずは鉄之助の無事の帰陣を祝おうぞ！」

立ち上がって言った品川十四郎の言葉に、皆思いなおしたように祝いの声を上げた。

しばらく肴《さかな》に箸をつけ、何献か盃を酌《く》み交わしたのち、勘定人の一人が言った。

「鉄之助どの、江戸の話をしてくれ」

そうだそうだと声が上がると、鉄之助は思い出して立ち上がり、持ち帰った荷物の中から二枚の絵を出した。

「これが江戸で流行っている錦絵だ。こちらが役者絵、こちらが茶屋女の美人絵だ」

皆ため息を漏らして魅入る。

「さぞかし美しい女子《おなご》が江戸にはいるんだろうなあ……」

誰かが吐息を漏らして笑いが起こった。

「うむ、何を食べても美味《うま》かった。さすがに洗練されていると思ったものだ」

鉄之助は江戸で十年ぶりに再会した弟たちの話をしようと思ったが止《や》めた。

二人とも旗本の屋敷に家士として奉公しているが、俸給は高くはなくても、その暮らしは鉄之助の比ではなかったのだ。

一人の弟は妻も貰ってお屋敷の長屋で暮らしていたのだが、箪笥《たんす》やその他の家財道具は揃っているし、弟の嫁の着ている着物は、古着だろうがなかなかの品で、武士の妻としての対面を保っていた。

――それに比べて我妻の形《なり》は……。

一瞬、そう思った瞬間、しゃべれなくなったのだった。

「それよりな、覚えている者もいると思うが、桑名藩に押し込めとなった矢部さまのことを……」

「おう……」

知っているぞと声が上がると、

「あのお方は、天保の改革に水を差したということで老中筆頭だった水野さまによって失脚されたと聞いているが、実はな」

鉄之助は、顔を曇らせると、

「その水野さまが老中職をとかれ、つまり失脚して、お屋敷を立ち退かれるという日に、お屋敷の前をたまたま通ることがあったのだ。町人たちが大勢集まり、悪口雑言を放つわ、石は投げるわで、大変な騒動だったぞ」

皆の顔を見渡した。

「それで、水野さまとやらの顔を見たのか？」

誰かが言った。

「いや、その日は表には出てこられなかった。屋敷の中はひっそりとしていたようだが人々が連日詰めかけ、物売りまで出るほどの群衆で屋敷の前は人で埋め尽くされていた。水野さまといえば、昨日まで雲の上の人だった方だ。そういう方でも、ああやって権力を失うと、人々は敬う気持ちも一瞬のうちに失せ、暴言を浴びせ石もて追い出す。楽しい光景ではなかったが、諸行無常、驕《おご》れるものは久しからず、それをつくづく感じさせられた」

しみじみと告げた鉄之助の姿は、紀久には以前と比べて一回りも二回りも大きく見えた。

第十二章

「紀久、行って参るぞ」

土間で糸染めをしている紀久に鉄之助は言った。

「あっ、すみません。つい夢中になってしまって……」

紀久は振り返った。

三日前から紀久は自分で紡いだ糸を染めている。綿の糸は絹糸に比べれば染まりにくいから厄介だが、渡部家で手に入れることが出来るのは綿の糸だ。それでも手を掛ければ新品の反物が出来上がる。

紀久は八重の着物を作るために、このところ奮闘しているのだった。

「学校に行って講釈してから御役所に出るが、根を詰めれば体に障る。ほどほどにしておけ」

鉄之助はそう告げて出かけて行った。

紀久は一段落したところで、台所に上がって冷たい水を飲んだ。

すーっと咽喉《のど》から腹へ、冷たい水が落ちて行くのが心地よい。

紀久はこのところ体調も良く、桑名に暮らしていた時のような心の安定を保っていた。

それはひとつには、鉄之助との仲がうまくいっているからだと思う。

慎之介の病や紀久の衰弱、それによる紀久の家事放棄らによって、二人の仲は気まずい時が多々あった。

それが、鉄之助が江戸から戻ったその夜に、また以前と同じように閨《ねや》を共にしたのだ。重大な役目を果たして帰って来た夫の鉄之助の姿は、それまでになく頼もしく紀久の目には映り、鉄之助の誘いを素直に受け入れることが出来たのだった。

二人が閨を共にしたのは自然のこと……。そのことが、少しささくれ立っていた気持ちをおさめてくれたように思える。

そして、桑名に帰藩出来るなどという騒動もあれ以来一段落して、皆元の暮らしに戻っている。心にさざ波を立てていた物が霧消し、失望はしたが、波がおさまってみると、かえって平静さを取り戻したというところか。

島流し——などと揶揄される陣屋の暮らしだが、来陣してからもう六年だ。この頃は流石《さすが》に紀久も諦めて暮らすということを、受け入れているのだった。

それは、今年の正月、番神の梅を鉄之助と見に行った時も感じた。

相変わらず蕾ひとつもつけてない梅の木を見ても、もう恨みごとを言うよりも愛おしさを感じていた。

――ここにこうして、桑名の梅の木が元気で育っている。

それだけでも有難いと、桑名の梅にいじらしさを感じていた。

桑名に帰りたいという望みを捨てた訳では決してない。だが、番神堂の庭に桑名の梅の木が有るだけで、その梅の木が番神の海を見詰め、更に番神の海に繋がる遠い桑名の海に自分の思いを届けてくれていると思えば慰められた。

そうした心の変化は、年々強くなっていく。特に夫が出張した留守に、飯盛り女に我から志願したお信に会い、生い立ちを聞いたことは、紀久に少なからず影響を与えたようだ。

お信は、波乱に満ちた苦難に遭いながらも、育ててくれた母親に感謝し、今ある状況の中で生きられる方法を見つけて生きている。お信の処世の仕方は淡々としていて、前向きだ。

お信の父親が侍だったことにも驚いたが、ひょっとしてお信は、自身が浪人とはいえ侍の血を引く者だという自負で、自身の生き様を誰に教わることもなく作り上げてきたのかもしれない。

お信があの時、教えてくれた生田鎬の最期の言葉も、忘れられぬものとなっている。

『生田と歩いた人生に悔いはございません。生田の妻で幸せでございました』

それは犯罪者の妻の言葉とはいえ、同じ女として感銘を受けずにはいられない。

一方で自らを振り返ってみれば、

——鉄之助と暮らした日々を、そのような言葉で表すことが出来るだろうか……。

と思うのだ。

貧乏に喘《あえ》ぎ、着物一枚買ってくれぬ夫に、これまで何十回となく紀久は愚痴をこぼしてきている。

紀久は苦笑して、ふっと気付いて、居間と座敷に置いてある見慣れない立派な箪笥《たんす》や家財道具を見渡した。

それらは皆渡部家の物ではなかった。お向いのおばさの家の物だった。

十日ほど前、竹中家は引っ越しを申し渡された。

渡部家の向かいだったおばさたちは、今度はすぐ隣の長屋に引っ越して来ることになったのだ。

おばさは、これまで暮らしていた長屋と、移り住む長屋の改装工事をしているのだった。

陣屋では長屋の改装は許されているのだが、引っ越しをする時には元の形状に戻さなければならない。

おばさが暮らしていた家は期間が長くて、建て増しを随分したりして、相当改造していたようだ。

そこでおばさの家の簞笥や長持ち、家財道具などを渡部家で工事が終わるまで預かっているのだった。

——いったいどうすれば、あれほどの家財を持つことが出来るのだろうか……。

紀久は、ふと思う。

それもそのはずで、渡部家はいまだに家財道具と呼ばれる物はひとつも無い。着物も家族全員の物を仕舞っておく柳行李《やなぎごうり》ひとつで間に合っているし、台所にだって茶簞笥すら置いてない。

この陣屋にやって来て既に六年目になる渡部家だったが、桑名を出発する折に、旅費だなんだと親戚から借りた二両の金も、まだ返金できずにいるのだった。

「…………」

紀久は視線を戻して、また糸染めにかかったが、

「お紀久さ、明日は鉄之助さの挨拶、お頼みしますよ」

おばさが新しい嫁を連れて入って来た。

明日、嫁取りの宴があって、鉄之助は挨拶を頼まれている。

「きちんとご挨拶できるでしょうか」

紀久が笑うと、

「鉄之助さは学校の先生だ。楽しみにしていますよ」

おばさはそう言うと、新しい嫁を連れて帰って行った。

——夫はほんに忙しいこと……。

妻の紀久が見ていても気の毒になる程だ。

このところの鉄之助の多忙は、尋常ではない。

本人はさほどにも思っていないのかもしれないが、お役所の仕事の他に学校があるのが紀久には心配の種だった。

陣屋内の学校には常時五十人ほどの子供たちが通ってきている。

教師の陣容は、句読指南の鉄之助を筆頭に、句読方は三人。ただ句読方一人以外は皆本業がある。

だから日によっては素読ばかりとなってしまって、文章を理解させる対読や質疑に応えてやるといった教育は十分とはいえない。

それでも十三歳で四書（大学《だいがく》、中庸《ちゅうよう》、論語《ろんご》、孟子《もうし》）の素読を終了。十四歳から十六歳までに、五経（易経《えききょう》、書経《しょきょう》、詩経《しきょう》、礼記《らいき》、春秋《しゅんじゅう》）の素読を終了させなければならない。

全て桑名の藩校『立教館』の教程に沿ったものだからだ。

鉄之助が講釈を行っているのは五のつく日の午後の一刻ほどの時間だが、他の教師が本業の仕事で出られない時には、鉄之助が代わりを務めている。

学校のことだけでも休まる暇《ひま》がないのだ。

それほど熱心に陣屋内の子弟に教えを施す鉄之助だが、自身の子供の教育は、とりわけ桑名にいる鐐之進の勉学はどうするのかと紀久は案じるのだ。

鐐之進は今年で八歳になっている。陣屋の同じ年頃の子供たちを見るにつけ、ちゃんと教えを受けているのだろうかと案じるのだ。

ところが桑名からの手紙を読んでみると、孫に甘い久太夫は、鐐之進を町の塾にやってはいるようだが、文脈から見えて来る様子では、あまり勉強をしろなどと強く言っているようには見えない。

昨年の手紙でも、鐐之進は与えられた脇差を使いたくて久太夫にねだり、久太夫は仕方なく山に連れて入っている。その時の文面はこうだ。

「『お爺さ、山へ行きなえ』と山行きをねだる。よんどころなく連れて出かけ、走井より焔硝《えんしょう》蔵前通りよりぶらぶら登り、西方へ出る。西方三社に参り、土仏へ廻ると、横村の勝坊を見かけ『勝さ、勝さ』といっさんに走って行く。鐐、たびたび脇差にて細き木を切りてみる。切りてみたくてこたえられぬ故、無理やり山行きをねだったのなり。帰りも鐐之進、向う見ずに駆け歩き行き、危のうて危のうてどうもならんじゃ。それでもくたびれず、帰るとすぐさま遊びに出る」

そんな調子だ。

またこの度届いた手紙の中にも、明王院に祭りの太鼓打ちに行く様子が書かれていて、これは毎年鐐之進が夢中になっているようすだが、一方の学問はというと、

「鐐之進、今朝早く丸山へ素読の訓練に行くと、京都か大坂に修業に出ていた医者が桑名に戻るので、丸山は迎えに出るとかで、今日から四日まで本を読むのも手習いも休みだという。素読練習無しに戻り、大喜びしている」

そうかと思えば、鐐之進が釣りにはまって困っているなどと書いて寄越すのだ。その上、

「鐐之進、『大学』を最後まで読ませる。つっかえつっかえやっと終《しま》いまで読んだ。『論語』も少し読ませた。前歯が生えていないので、空気が漏れて奇妙なことを言っているように聞こえる。鐐之進、せっかちなので、とかく急いでは詰まり、読むときは困る」

桑名からの手紙は読むほどに紀久の頭痛の種になっている。

久太夫も鉄之助も、実家は学者肌の片山家だ。

二人とも渡部家には養子に入った者で、とりわけ学問には熱心な筈なのだが、久太夫は孫の鐐之進には本当に甘い。

鉄之助は慎之介の学問については、もう今から策を講じている様子なのだが、離れて暮らしている長男には手も足も出せない。

――鐐之進が一緒に暮らしていれば……。

塾の先生が休みだからといって、その間何日も素読ひとつさせないような、そんな事は鉄之助はしないだろう。

紀久は大きなため息をついた。

「おまえさま、たくあん漬けも底をついてしまいました。この茄子はうちの畑で採れたものですが、これでお終いです。昨日少し熊蔵《くまぞう》さんのお茶請けにお出ししましたので……」

午前中の取り調べを終えて帰って来た鉄之助に、紀久は茄子の漬物を出した。

熊蔵というのは横山村の者で、薪作《まきづく》りの名人と呼ばれている男である。

その熊蔵が昨日渡部家の薪の束を八十束も作ってくれたが、お茶請けに茄子の漬物を出したというのである。

「何、白い飯と味噌汁があればそれでよい」

味噌汁といったって、具は何も入っていない。

「すみません。畑は水不足で野菜は全部枯れてしまいました。瓜も今朝見に行きましたら蔓《つる》が枯れていました。こののち湿りがあっても、もう実がなることはありません」

「野菜売りに頼るしかあるまい」

「それも、例年のようには参りません。今朝一人野菜売りが廻ってきましたが、瓜一つが七文も致します。一つ買うのがやっとです。お漬物に致しましたが、熊蔵さんの話ですと、この陣屋の畑だけでなく、どこの畑も日照りで野菜は壊滅状態だと申しておりました」

二人の会話は、つい食べ物の話になるが、夏の頃からもう野菜が手に入らないなどという話は、暗くなるばかりである。

ただ、お金さえあれば、町の八百屋に陣屋の小間使いをやって買ってこさせることも出来るのだが、渡部家にそんな金がある筈もない。

「………」

二人の会話はそこで切れた。

鉄之助は黙って食事を終えると再び役所に出かけて行ったが、早々に怖い顔をして戻って来た。

「紀久、大変なことになったぞ。郷手代の島崎助八郎《しまざきすけはちろう》が、御扶持《おふち》召し上げ追放となり、御領分御預かり所とも住居徘徊《はいかい》ならぬとお達しがあった。しかも本日夜の五ツを切って陣屋立ち退きだ」

「まあ……」

紀久は抱えていたざるを落としそうになった。

「御処分の理由は何と……」

「いろいろと噂はあったが、不正を働いたということだ。まだ詳しいことは聞いてはおらぬ」

「あのお方は、私たちがここに参りました時には郷使いでございました。貧しさは私どもより酷《ひど》く、食事もままならないと聞いておりましたが……」

「それが郷手代になってから、急に裕福になり、飲み食いの派手なことは皆眉をひそめておった。郷使いを従えて町に繰り出す時もあったらしく、いっときは町に囲い女がいるのじゃないかともささやかれていた」

とそこにおばさと連八郎が飛び込んで来た。

「鉄之助さ、聞いたか、島崎さのことだ」

「ああ、今紀久に話していたところだ」

「馬鹿なことをしたものだ。かか衆の間では不思議がっていたんですよ。あの家には下女一人と子守一人を常時雇っていましたからね。下女には機も織らせていた。だから衣類などは不自由なく暮らしていて、虫干しの時には三日もかかっていたということですからね……」

おばさは目を剝《む》いて言った。

紀久はふっと渡井郡太夫のかか衆の虫干しを思い出していた。

あれは番神に慎之介の出来物退治の願掛けに行った日のことだった。渡井のかか衆が座敷から裏の庭まで棹《さお》を出して着物を干しているのを見ている。

「もう一人、処分を受けた者がいる」

鉄之助が言った。

「誰だい、鉄之助さん」

連八郎が硬い表情で訊いた。

「渡井郡太夫だ」

「！……」

紀久は息がとまるほど驚いたが、やはりそうかという気持ちになった。

その時だった。御役所の裏手辺りの長屋から、泣き叫ぶ声が聞こえて来た。島崎のかか衆の声だと思った。

人々が島崎の家に小走りしていく。渡部家の家の前を駆けて行く者もある。

「連八郎」

鉄之助は厳しい顔で言った。

「そなたもいずれ、寄合を解かれ、いつの日か出世して郷手代になるだろうが、島崎や渡井のことを他山の石とせよ。郷手代は百姓と最も直結している。心貧しければ、ああいうことになる」

「分かっています。うちは暮らしの足しにと、おっかさが蚕《かいこ》を飼って助けてくれております。今度来たかか衆も働き者です。暮らしに足りない物は働いてつくります。鉄之助さ、鉄之助さの言葉は肝に銘じておきます」

さすがの連八郎も、顔を強張《こわば》らせて言った。

「くわばらくわばらだね」

おばさも肝をつぶしたのか、早々に倅《せがれ》の連八郎を連れて帰って行った。すると、

「鉄之助……」

品川十四郎と栗本作助が入って来た。

「今島崎に別れの挨拶に行ってきたところだ。おぬしは行ったか？」

品川が訊いた。

「いや、まだだ」

正直鉄之助は気乗りがしなかったのだ。

桑名で下横目をやり、藩士の行いに目を光らせて来た鉄之助は、不正に対しては厳しい目を持っている。

「身から出た錆《さび》ではあるが、同情するところもある。それに、これまでの付き合いもある。別れを言いに行ってきた方がよいのではないか」

栗本が言う。

不正が発覚して追放処分を受けて陣屋を出る時には――御陣内の者残らず見廻りに参じ候――ということらしい。

しかし鉄之助は、島崎になんと声を掛けてよいのか分からなかった。島崎は罪を犯した者だ。処罰を受けるのは致し方ないことだ。

――その本人に向かって何という言葉を掛ければいいのかと……。

ただ、この陣屋に暮らす者は、誰の胸にも一つや二つ、ひっかかるものがある筈だった。

言うまでもなく陣屋に勤める役人の多くは下級武士だ。担っている荷は重く、それに比して俸給は少ない。

その下級武士が、鉄之助のような生き方を選べば、常に清貧の暮らしを余儀なくされる。

心に正義を誓っていたとしても、日々の暮らしを考えれば、不正に走ってしまう気持ちは分からぬ訳ではないのだ。

「分かった、そうしよう」

鉄之助は頷いた。

その夕、島崎は妻と子供四人を引き連れて、陣屋をひっそりと去って行った。

四面四角な鉄之助も、四人の幼い子供たちが泣きながら両親に手を引かれて去っていくのを見て、流石に胸が詰まった。

その夜の日記に、鉄之助はこう記した。

「島崎は夜六ツ半立ち退き、同役親類送り出《いで》候よし。葬式よりも哀れなり」

第十三章

この日、鉄之助は品川親子と茸《きのこ》採りに山に入った。

先月には三人で泥鰌《どじょう》捕りに出かけて大漁だったこともあり、二匹目のどじょうならぬ茸をという訳だ。

正直なことをいえば、鉄之助は今年山に入るのは三度目だった。

これまでの二度の山入は、ほんの少し、片手に握れるほどの茸しか採れていない。

そこで三度目となったのだが、道案内を頼んでいた連八郎が寝坊をして突然行くのは止《や》めると言いだして、三人の出発となったのだった。

今年は春から日照りが続き、野菜は全滅。ところが稲の穂の実りに影響する真夏には雨が続いて、これはこれで心配の種になっている。

常には多忙な二人である。気を抜くことが出来るのは、魚捕りや茸などの採取、それに柏崎の神社仏閣への参詣か、そんなところだ。

「連八郎め、情けない奴だ。あ奴がいさえすれば、よい道案内となったものを……とりあえずは、人から聞いた話では、藤崎村か堀村がいいらしい。行ってみるか」

鉄之助の頼りない案内で、三人は藤崎村に向かった。

ところが途中の橋が普請中とかで大回りをし、ようやく藤崎村にたどり着く。

すると、空籠《からかご》を背負った村の衆に出会った。話を聞けば、茸を町に売りに行っての帰りだと言う。

「何、どこに行けば採れるのだ？」

鉄之助が訊いてみると、

「茸は今年は豊作ですだ。その山の道を歩けば採れる筈《はず》だ」

村の者は気持ちよく教えてくれた。

品川の紋太郎が走り出す。一刻でも早く採りたい。十三歳の紋太郎はまもなく、

「おとっさ！」

大声を上げて鉄之助たちの方を振り向いた。

紋太郎は掌一杯に茸を摑んでいる。それを振り上げて見せている。

「いこう」

鉄之助と品川は紋太郎の後に続いた。すると、

「おう！」

品川が歓声を上げた。

山道の土手の両側に、ここにもあちらにも茸が頭をみせているではないか。

三人はしばらく夢中で茸を収穫した。

籠はすぐにいっぱいになった。

三人は秋の日差しが当たる空き地に出て、弁当を広げた。

弁当といっても握り飯に漬物だけだ。

だが、格別美味《うま》かった。

「おとっさ、もう少し採りたいんだ。いいだろ？」

紋太郎はそう言うと、先ほどの土手に駆けて行った。

二人は肩を並べて竹筒の茶を飲んだ。しばらくして品川が言った。

「しかしなんだな、大変な騒ぎだったな。まだ昨日のことのようだ」

品川は島崎と渡井の処分のことを言っている。

「うむ。見たくない物を見た気分だ」

鉄之助は応じた。

あの処分があった後に、具体的に何故二人が処分されたのか分かってきたのだ。

二人の知るところによれば、島崎については、去る丑《うし》の年の暮れのこと、欠米《かんまい》の代金がまだ納められていないと勘定人が御代官に申し立てたことが始まりだった。

欠米というのは、年貢米の俵を運搬する時に米が零《こぼ》れ落ちるため、前もってその分を補充するのだが、その米のことをいう。

柏崎の場合は、一俵につき四升の欠米を補充することになっているが、当地での年貢米払い下げをした時には、欠米の金は俵の米代とは別にして、勘定人に渡すことになっている。

それがこの年、島崎経由で勘定所に納入される分が入ってなかったのだ。

調べの結果、米を落札した肝煎《きもい》りは、欠米分の四十両余りは郷手代の島崎に渡した、島崎の受取書もあるのだと提出してきた。

そこで島崎を問い詰めたところ、実はその日に四十両をいずこかで紛失し困っていたのだと言い訳し、その金は家財道具や着物を売ったり、親戚から金をかき集めたりしてまもなく勘定人に納めたらしい。

だが、疑いは晴れることはなかった。

本当に紛失していたのなら、なぜその時報告しなかったのか。また、郷手代らしからぬ豪奢《ごうしゃ》な暮らしは何故出来ているのか。郷使いの時にもとかくの噂《うわさ》が立ったこともあり、その時も厳しい叱りを受けていたではないかなどなど。

さまざまな疑惑が噴出し、結局島崎は陣屋追放になったのだった。

「渡井郡太夫の場合は刎金《ふんきん》三十両余の未納につき、という話だったな」

鉄之助がため息まじりに言った。

刎金とは、江戸に送った金の割戻金で、勘定所に差し戻す金なのだが、いったんそれぞれの郷手代の手元に戻るため、郷手代たちは一、二年手元に置いてから御帳部屋に差し出していた。

ところが渡井の場合は、いかにも手元に置いた期間が長く、これもやはり不正を疑われて、追放にはならなかったが降格の上、寄合番となったのだった。

「手元不如意《ふにょい》は年中のこと、目の前に金があれば、思わず不正に走るということか……」

品川がため息をつく。

「ついてまわるな、こういうことは……」

鉄之助は、腰に竹の水筒をつけて立ち上がった。

「そうだ、お内儀の具合は……もう良いのか？」

籠を背中にしょいながら鉄之助が訊く。

「うむ、まだぐずぐず言っておる。お紀久どのはどうだ……」

品川も立ち上がって訊いた。

「内職ばかりしておる。糸の賃仕事だ。丈夫な体ではないゆえ、ほどほどにしろと言っておるのだが、慎之介の髪置きもまだやっていない、不憫《ふびん》ではありませんか。私が働いて、お祝いのお金をつくります……そう言ってきかぬ」

鉄之助は苦笑した。

「鉄之助、お前と俺は、幼い頃からの親友だ。困った時にはお互い様だ。遠慮せずに言ってくれ」

品川は渡部家の家計のことを案じているのだった。

もともと品川の家は、末席とはいえ書院格に列する家だ。今は鉄之助と同じ職格を務めているが、品川の働きによっては、いずれ代官やその上も望める家柄だ。

その品川と幼い頃と変わらぬ付き合いがあるのは、桑名の道場や学問所でいつも励まし合ってきた浅からぬ友情にある。二人の間に家禄や家格の垣根はなかった。

「すまぬ。何、なんとかやるさ」

鉄之助は笑った。

忙しい品川が、一緒に茸狩りに行こうと乗り気だったのは、鉄之助にこの言葉を伝えてやりたい、そう思ったのかもしれない。

「さあ帰ろう、皆待っている」

鉄之助が言った。

すると、倅を呼びに土手に向かっていた品川が振り返って言った。

「今日はこれでいっぱいやるか?」

「よかろう」

二人は視線を合わせて笑った。


紀久は何度も肩に手を遣って揉《も》み、それから首を回した。

つい先ごろまでは日のあるうちは休みなく機を織り、ようやく八重の着物と鉄之助の着物の生地を織り終えた。

そうして今はお蚕から糸を取っている。

この糸取の仕事は、隣のおばさの手蔓を頼って得た内職だった。

紀久は、どんなことをしても、慎之介の髪置きの祝いをしてやりたいのだ。

これまで度々夫に向かって、

「おまえさま、慎之介の髪置きがまだでございますね」

訴えるともなく話を掛けるが、

「仕方がなかろう。先立つものがないのだ。そんなことはおまえにも分かっていることではないか」

いつもそう返して来る。

鉄之助だってやってやりたいのはやまやまだが、台所事情を考えてみると、どう足《あ》掻《が》いても、人を呼んで祝いの席を設けることなど出来ないと分かっているのだ。

それは紀久だって同じだ。分かっているが口に出さずにはいられなかったのだ。

「桑名にいる鐐之進のお祝いも私どもは何も手を出すこと、かないませんでした。せめて慎之介のお祝いは、親としてしてやりとうございます」

決して諦めぬ紀久に、

「紀久、待て待て、来年こそは桑名に帰れるかもしれぬぞ。そしたら爺様婆様皆一緒に祝ってやろうじゃないか」

最後には、そんな言葉を並べて、鉄之助は話を躱《かわ》すのだった。

紀久は決心をしたのだ。鉄之助の同意を得るためにはお金をつくればいいのだと。

隣の竹中のおばさのように、私が賃仕事をして稼げばよいのだと。

とはいえ、賃仕事を始めてみたものの、すぐに肩が凝り、体のあちこちが痛くなってくる始末で、なかなか思うようにはかどらない。

しかしそれでも紀久は諦めなかった。

今日も子守のお弓に、八重と慎之介の手を引かせて外に出すと、紀久は昼の食事も忘れて糸をとる。

「お紀久さま……」

入って来たのは、今井屋のかか衆だった。

「まあ、おいねさん、お久しぶりでございます」

おいねの出現は仕立ての賃仕事の話かと思ったが、おいねの顔は硬かった。

「お紀久さま、お信さんが亡くなりましたよ」

寄り付きの框《かまち》に座るなり、おいねはそう言ったのだ。

「お信さんが……」

お紀久は耳を疑った。

お信に会って話をしたのは一年半ほど前のことだ。

「お信さんはね、この秋に自由の身になっていたんですよ」

「まあ……」

紀久は驚いた。

「佐渡の大百姓の倅で富之助《とみのすけ》とかいう人に請けだされて、晴れて宿を出て佐渡に向かったのですが、寺泊から乗った船が沈んでしまって……」

「………」

紀久は絶句した。

「なんてことなんでしょうかね。お信さんは身請けされてすぐに、亭主になる人とうちの店に挨拶に来てくれていたんですよ」

おいねの話によれば、富之助という人は随分体軀《たいく》が立派だったが、無口で、にこにこしながら側にいるお信を見守っているような人だったという。

おいねは、お信の亭主になる男を見て、

――この人だったらお信さんも幸せになれるに違いない……。

そう感じたというのだ。

なにしろ富之助は大百姓の倅だと言う。その富之助の話では、柏崎で生田の乱があった時、佐渡でも百姓一揆があり、富之助の家は百姓と一緒になって代官に村人の窮状を申し立てたようだ。

富之助の父親はそれが原因で、いっとき囚われの身になっていたというから、富之助の家は百姓たちにも慕われている豪農といえるのだろう。

「いい人に巡り合えて、お信さん、良かったですね」

おいねがそう言うと、お信は嬉しそうに頷いて、

「子供が出来たら、おっかさんにも見せてやりたいし、その時には、おかみさん、こちらにも寄せていただきます」

お信の顔は、輝いていた。

「待っていますよ、お信さん」

「ありがとうございます。おかみさん、お紀久さまにもよろしくお伝えくださいませ。お会いしたいのですが、今日の船に乗らなければなりませんので……」

お信はそう言って、富之助と佐渡へ発ったのだと、おいねは話し終え、深いため息をついた。

「………」

紀久は言葉も出ない。

おいねは、洟《はな》をすすりあげて言った。

「せっかく摑んだ幸せだったのに……私はしばらく、お信さんが可哀想で可哀想で……でもね、亡くなったことを何千回悔やんでもお信さんが戻ってくるわけじゃない。それより、お信さんは、ほんのひとときでも幸せを嚙《か》みしめる時があった……私はそ

う思うようにいたしました。あのまま旅籠《はたご》で客をとっているより良かったに違いないってね」

おいねはそう言い残して帰って行った。

「…………」

紀久は、力が抜けていくのを感じていた。


お信の死を聞いてからふた月後のこと、紀久は番神堂から冬の海を眺めていた。

柏崎の海は、夏と冬では一変する。

空も海も青く、静かな波の上に船の航行が無数に見える夏の海も、冬の季節になると、灰色の空の下で海は青い色を失い、白い波の腹をみせて荒れ、身を刺すような風が吹き荒れる。

遠くに見える筈の佐渡の島は、この季節には見える日は少ない。

紀久が今立っているのは、番神堂に植えた桑名の梅の木の側だった。

粗末な綿入れの着物に、これまた綿を入れた半纏《はんてん》をその上に纏《まと》い、木綿で作った頭巾を被り、その両端を首に巻いて風を防いでいる。

そしてその手は、強風に晒《さら》されている桑名の梅の幹を摑んでいた。桑名の梅の木は、紀久の背丈の三倍ほどに伸びている。

だがその梅の木には枯葉一枚がしがみ付いているだけで、骨のような枝を強風にあてがって、ひゅうひゅうと鳴いているのだった。

「……………」

紀久は、その叫びのような梅の木が出す音を聞きながら、何故に次から次へと哀しい出来事が起こるのだろうかと思うのだ。

お信の死も、紀久にとっては大変な衝撃だったが、その衝撃が治まらぬうちに、更に紀久を悲しみの淵《ふち》に突き落とす出来事があったのだ。

それは、お信の死からひと月が経った頃だ。

夫の鉄之助が御代官から検見《けみ》に行くように命じられた。

この年は干ばつのあと、長雨に見舞われた。稲の苗が伸びなければならない時に雨が降らず、稲の実が太陽の陽を受けて実らなければならない時に長雨にたたられたのだ。

秋に実りの時期がやって来ても、どこも不作で、例年通りの年貢を納めるのは無理だと訴えが続出していた。

「郷手代の手にあまるのだ。そなたがその目で確かめてもらいたい」

代官は鉄之助にそう言ったのだった。

「また重い役を背負わされた……」

鉄之助は渋い顔をして紀久にそう告げたが、お役大事の鉄之助は、配下の者を従えて駕籠《かご》に乗り、出かけて行ったのだ。

勘定人の検見は、その威厳を保つために、必ず駕籠に乗る。家来もつける。

それは良いのだが、駕籠に乗るお武家がみすぼらしい身なりで行くわけにはいかぬ。陣屋の体面ということもある。

そこでそれ相応の支度をしなければならないのだが、紀久にとっては大きな負担で、あまり喜ばしくもないことだった。

夏場の検見ならば衣服も単衣で済むというものだが、十月に入っての検見は、綿入れの着物、綿入れの肌着なども用意しなければならない。

そこでこの度も今井屋のおいねに頼んで、野袴《のばかま》だけは新調したのだ。その代金は、この年慎之介の髪置きの祝いをするために糸の賃仕事をして貯めたお金を充当した。

慎之介の祝いは、いよいよ遠のいたのだった。

致し方ないこととはいえ、がっくりしているところに、鉄之助が検見に出発して五日目のこと、桑名からの飛脚便があり、久太夫からの手紙が届いたのだった。

届けてくれた者が、急を要する手紙が入っているらしいというので、紀久は鉄之助の留守に手紙を開けた。

読み進めてすぐに息が止まった。

紀久の実家佐藤家の父代右衛門《だいえもん》の死が告げられていたのである。

「父上が……」

息を凝らして読み進めてみると、

この夏のこと、代右衛門の容態が思わしくないという報《しら》せを受けて、久太夫は佐藤家を訪ねてみたようだ。

すると代右衛門は、十日も前から風邪気味で臥《ふ》せっており、持病の痰《たん》と咳《せき》で難儀している様子。

紀久の母親もとの話では、早いうちから医者に診てもらうよう勧めたが『いや、こんな風邪はすぐに治る』などと代右衛門は言い、様子をみていたらしい。

ところがだんだん悪くなって、医者も何人も替えてみたが、少しもよくならないということだった。

代右衛門に久太夫が声を掛けると、確かに苦しげで相当悪い様にみうけられた。

久太夫はいったん家に戻り、おばばと鐐之進を見舞いにやった。

ところが、その見舞いの二人が佐藤家に着く前に、また使いが来て、

「七ツ過ぎ落命でございます」

代右衛門の死を告げたのだった。

あまりの急変で、代右衛門の死に間に合った者は親戚でもたった一人、嫁に出した紀久の姉だけだったと久太夫は聞く。

久太夫は慌てて、おばばの着物と鐐之進の裃《かみしも》を使いの者に持たせ、自分も支度して再び佐藤家に向かったとある。

病から死に至るまでの、あまりにもはかない有様が、長い文章で丁寧に書き綴《つづ》られているのだった。

「父上……」

紀久は泣き崩れた。

紀久には姉が一人、妹が二人、弟が一人いるが、親元を遠く離れているのは紀久ひとりだ。

代右衛門は子煩悩《こぼんのう》で、祭りの時などは子供たちの手を引き、見物に連れて行ってくれたものだが、反面厳しいところがあった。

紀久を渡部家の嫁にしたのも、渡部家が格下とはいえ、久太夫と鉄之助、いずれも

学者を輩出している片山家の血を引く者だというところが大きかったのだ。

父の見たての通り、鉄之助は四角四面の堅い人間で学者肌、おかげで紀久は陣屋では一番の清貧暮らしだ。

——それにしてもあの父が……。

紀久は思い出していた。

あの厳格な父が、紀久たち一家が桑名を発《た》つ時、目を潤ましていたことを忘れはしない。

久太夫の手紙には、

「三日後に葬式が寺で行われたが、鐐之進は裃姿で立派に鉄之助のかわりを務めた。その姿を見て、わしもおばばも涙を流した……」

久太夫は、孫の成長に目を細めながらも、親の死に目にも会えない紀久の心を思いやっていた。

——母の嘆きはいかばかりか……。

紀久は、手紙を膝に置いて涙を拭いた。その時だった。膝から一枚の紙が零れ落ちた。

「！……」

母もとの手蹟《しゅせき》だった。

父上の遺言です……今わの際に紀久に伝えよとの仰せでした。そう前置きしたあとに、

凛《りん》として生きよ

とあった。

――凛として……。

紀久は母の文字をじっと見詰めた。

父も母も紀久が柏崎の陣屋で貧窮を余儀なくされて暮らしていることは百も承知だ。百も承知で、父が紀久に残した言葉が、

――凛として生きよ……。

「父上さま……」

紀久には、はっとするものがあった。

陣屋暮らしの閉塞感《へいそくかん》と貧しさに、常に紀久の心は鎮まることを知らなかった。

それは世間への見栄や自身の欲望に捉《とら》われてのことではなかったのか。

少なくともあのお信は、自分で自分の物差しを持っていたではないか。

そしてもう一人、これは口にするのは憚《はばか》られることだが、生田の妻の鎬の潔《いさぎよ》さはどうだ……罪人の妻とはいえ、あっぱれというしかない。

――二人に共通していたものは……。

父がいう、凛とした生き様だったのではないか。

紀久は、父親の遺言の言葉を噛みしめ噛みしめ、番神の海を睨むように見つめているのだった。

どれほど経っただろうか。背後からおくらが近づいて来た。

おくらは、紀久の横に立って言った。

「お紀久さま、来春はきっと咲きます。お風邪を引きますから……」

第十四章

月日の巡るのは早い。

瞬く間にあれから二年が過ぎたが、昨年もこの年も番神の梅は咲かなかったようだ。

ようだというのは、紀久はもう番神堂に梅の花を確かめに行くのを止めている。

代わりにおくらが、昨年も今年の春も、梅の様子を弥助に託して知らせてきてくれたのだった。

弥助が紀久を慕って頻繁《ひんぱん》に陣屋を訪ねていることを、おくらはよく知っていて弥助をよこしてくるのだった。

紀久も弥助がやって来ると、年々逞《たくま》しくなって少年らしくなり、漁の話など嬉々として話すのを、眼を細めて聞くのだった。

――弥助を見れば桑名の鐐之進の成長も想像がつく……。

弥助が魚を届けてくれたついでに、慎之介の相手をして遊んでくれている時など、特にそう思うのだった。

紀久はお信と父の死を経て、ようやくこの柏崎の地に足をつけて暮らしていこうと考えるようになっているのだ。

ただ鉄之助は相変わらず、来年は桑名だ、などと何かあるたびに紀久を慰めてくれるのだが、もはや紀久はその言葉に動揺することもない。

慎之介の髪置きについても、鉄之助は桑名でやろうと言ってくれていたのだが、桑名どころか陣屋でも人並みの祝いをしてやることは出来なかった。

慎之介の髪置きにと貯めた金は、鉄之助の突然の検見の支度で大半を使い、慎之介の髪置きの祝いは、印ばかりのささやかなものとなったのだった。

今年はいよいよ慎之介が数えの五歳になる。袴を着ける武士の子息にとっては大切な儀式だが、その儀式についても鉄之助は、

「髪置きはこちらでやったが、袴着は桑名で盛大にやってやろうじゃないか」

などと慰めを言う。

以前の紀久なら、その言葉に縋《すが》っていた。だがその願望は実ったためしがない。その期日がやってきて大いに落胆し、精神を更に病んでいく。それがこれまでの状況だった。

だが今の紀久は、鉄之助の心遣いは感じながらも、それに縋ることを止めた。

——八重と慎之介が元気に育ってくれればそれでいい……。

それに、紀久のお腹には、新しい命が育っているのだった。

子供たちを、しっかり育て上げる。その一点に心を置いたのだ。

すると、家に家財道具がそろっていないことや、女たちとの飲み食いの会を断るのも、以前の様に気を病むことがなくなった。

着物だってそうだ。

番神堂から冬の海を眺めたあの日から、紀久は鉄之助に『せめて古着一枚買ってほしい』などとねだったことはない。

鉄之助のおさがりだった古着がいよいよ着られなくなった昨年の秋には、実家から父の形見として、青鈍色《あおにび》の小袖が送られて来た。

紀久はその父の形見分けを仕立て直して今は着ている。

実家の母の手紙には、父が気に入ってお勤めに着て行った一枚だとあった。

母は、鉄之助にという思いで送って来たのだろうが、あまりに粗末な形《なり》の紀久に心を痛めていた鉄之助は、

「そなたのお父上の形見だ。そなたが仕立て直して着てあげなさい」

そう言ってくれたのだ。

以来、紀久は夏場は別にして、単衣で着て、袷《あわせ》にして着、冬には綿を入れて着て、一枚で全て間に合わせている。

その一枚の着物を洗濯したり、袷や綿入れにする時には、襦袢《じゅばん》姿で過ごすことになるのだが、そんな時は、やって来たお客には枕屏風の上から顔だけ出して応対する。時にはそんな有様を見るに見かねて、紀久が洗濯したり縫い直したりする間、おばさが自分の着物を貸してくれることもある。

陣屋のかか衆も、近頃では紀久を女振る舞いに誘うことはなくなった。

紀久の付き合いの悪いのは金が無いのだと分かっているし、これまでの意地悪な目が、哀れみに変わっているといったところだろうか。

今や紀久自身が付き合っているかか衆は、品川と栗本の内儀、それにおばさだけになっている。この三人とは、春のふきのとうやわらび採り、秋には茸狩りなどにも行っている。

だから紀久は、陣屋の者たちが忌避するような態度を示してきても平気な顔で暮らしている。質素な身なりながら凜然として陣屋内を歩く紀久の姿は、またこれはこれで人の目に留まった。

――ついに紀久は、陣屋のかか衆から村八分にされてしまったか……。

鉄之助は心を痛めながら見ているのだが、以前のように紀久にかか衆と付き合った方がいい、などとは言わなくなった。

「御勘定頭が何度も贅沢は止めるように、特にかか衆の酒や馳走《ちそう》は控えよと申されても、少しも効き目がない。百姓たちの苦労を考えれば、もう少しわれらも考えなければならぬよ。まったく、目に余る」

鉄之助も、そんなことを言いだしたのだ。

とはいえ子供たちの付き合いだけは別だ。八重も慎之介も活発な子で、陣屋内には大勢の友達がいる。上役の子もいれば、下役の子もいる。

子供たちにはどこの子供とも仲良く遊ぶようにいいつけてある。

子供振る舞いに呼ばれればやってやるし、陣屋内の神社の祭りにも、他の子供たちと同じように神輿《みこし》担ぎに参加させてやっている。

子供たちの付き合いだけは人並みにさせてやりたい……紀久はそう考えているのだった。

――その為には……。

紀久は考えに耽《ふけ》っていた目を、座敷に広げた花火を染め抜いた浴衣地に向けた。

それはこの夏、柏崎の町で行う祇園祭に踊り子たちが着る揃いの浴衣地で、祭りの五日前までには五反の着物を縫い上げる約束をしている。

毎年夏の祇園祭には、各町内ごとに組を作った踊り子隊が町を練り歩くが、裕福な組では絹物や縮緬《ちりめん》地で衣装を作る。届けをしておけば許されるのだ。

今広げた花火を染め抜いた着物地は今井屋から頼まれたものだった。一枚縫い上げたら七十文もの手間賃を貰《もら》えるからはりきっているのである。

この祭りの外にも柏崎の町では春から夏にかけてさまざま祭りがあるが、柏崎陣屋の者が町の者にまじって祭りを盛り上げるのは、この祇園祭だけだった。

祇園祭では花火を上げる。硝煙蔵を管理している陣屋としても、花火作りの安全指導をするためにという理由もあった。

陣屋の御門も、踊り子隊が通過する時には開き、陣屋の者たちが総出で門前に出て見物するのだ。

だから今日から始まっている閻魔《えんま》祭などとは別格の祭りだった。

閻魔祭は陣屋の者たちは参加してはならないと厳しく言い渡されていて、陣屋の御門も早々に閉める。

ただし、閻魔祭では様々な市が立つ。それらの見物や購入については、許されていた。

「おっかさ、おとっさと祭りに行く約束だ。おやつおくれ」

生意気なことを言って帰ってきたのは、この春五歳になった慎之介だった。

まもなく八重も走って帰ってきて、紀久は二人に握り飯を食べさせた。

「他所《よそ》の家ではおやつには、おやきやふかし芋が出るぜ、おっかさ」

慎之介が言う。

渡部家のおやつは、いつも握り飯だ。菓子の類が出ることはない。

「慎之介、ついこの間までお乳を飲んでたじゃないか。おっかさにお乳を貰えばよい」

八重がからかう。

「俺はねんねじゃないぞ！」

慎之介が八重につかみかかっていく。

「おやめなさい！　おやめ！」

紀久が叱っているところに、

「祭りに行くぞ。喧嘩《けんか》はやめろ」

鉄之助が帰って来た。

「いいか、そのかわり、慎之介、今夜おとっさは御役所に泊まりの番だが、一緒に寝るか」

鉄之助が慎之介の頭を撫《な》でて訊く。鉄之助は慎之介が可愛くて仕方がないのだ。

なにしろこの年で、もう大学の素読が出来るのだ。

さすが教官の倅だと陣屋の者たちに褒《ほ》められて、鉄之助は御役所に泊まりの時には慎之介を連れて行き、寝る前に素読をさせているのだった。

「いいよ、そのかわり、御役所は蚊が多くてねられねえから、おばさに蚊帳《かや》を借りてよ、おとっさ……」

渡部家に蚊帳は一つしか無い。おばさの家には四つある。この時期は蚊の襲来がすさまじく、泊まりの時には、布団は自分の家から運んでも蚊帳が無くては難儀するのだ。

陣屋役所での宿直は、食べ物持参、寝具持参、そして子供たちを連れて行くのも目こぼしされているのだった。

「よし、分かった。お紀久、そなた、おばさに頼んで用意しておいてくれ」

鉄之助は紀久に蚊帳の拝借をするよう言いつけると、慎之介の手をひいて八重と闇魔祭に出かけて行った。

だが翌日、陣屋内は騒然となった。

門番の届けによると、陣屋内のかか衆三人が、陣屋内の独り身の男衆三人と法度《はっと》を破って閻魔祭に行き、朝方帰陣したというのであった。

御門留めの閻魔祭に若い衆が遊びに出て、朝方帰って来るなどもってのほかだが、その若い衆とかか衆が加わっていたとなると、事は門限破りだけではなく不義をも疑われる大罪だ。

「えらいことになった。これからかか衆の亭主どもが呼び出しを受けるだろうな」

泊まりから帰って来た鉄之助は、苦々しい顔で紀久に告げた。

「いったい、どなたのかか衆が、そんな大それたことを……」

子供たちの手前、紀久が声を潜めて尋ねると、

「それが、かか衆の一人は、となりのおちかさだ。連八郎の女房だよ」

顔を顰《しか》めて鉄之助は言った。

「まっ、それはまた……」

紀久は絶句した。

「あと二人のかか衆は、郷使いの山崎八弥《はちや》の女房、下横目の小林恵太郎《こばやしけいたろう》の女房だ。

男衆は、いずれも陣屋内の次男三男で、田中《たなか》の倅で良助《りょうすけ》、三輪《みわ》の三男で与一《よいち》、そしてもう一人は、金子《かねこ》の次男で彦之助《ひこのすけ》だ」

鉄之助は茶漬けを掻き込むと、どんと茶碗を膳に置いた。

清廉潔白四角四面の鉄之助には、この手の出来事が勘弁ならない。

「あれほど嫁は働き者だと、おばさも自慢していたのに……」

紀久が呟《つぶや》きながら鉄之助にお茶を淹れていたその時、

「鉄之助さ、噂はもう聞いたでしょ」

おばさが青い顔をして駆け込んで来た。

「おばさ……」

鉄之助は、おばさの顔をまともに見られない。

「悔しいこと……情けないこと……」

おばさは恥ずかしげもなく泣き崩れた。

鉄之助も紀久も、掛ける言葉が見付からない。

しばらくしておばさは涙を拭くと言った。

「これから竹中家はどうなることやら……このまま閉門追放になるかもしれない……ねえ、鉄之助さ、どうしたらいいのでしょうか、どうしたら……」

おばさは、鉄之助ににじり寄る。

「おばさ、落ち着いて」

「鉄之助さ、お願いします。鉄之助さは公事方《くじかた》のお方、いずれこの不埒《ふらち》な事件のお調べに加わるのではありませんか。その時には、どうか連八郎の普段のお勤めぶり、熱心さだけは、上役の皆様にお伝えいただけませんでしょうか」

「おばさ、かか衆三人の亭主にも、なんらかのお咎《とが》めはあると覚悟しなければなるまいが、まさか閉門追放とまではなるまい」

「そうでしょうか」

「これは俺の予測だ。それにな、俺のことだが、吟味に加わるとは限らぬ。事は陣屋内のことだ。おそらくお調べは、お目付けと御代官さまではないかな」

「でも鉄之助さ、おまえさまは公事方……」

「さよう。だがわしの役目は、村方町方で起きた事件の調べだ。今も柏崎の町で押し込みを続けていた男の裁きにかかっているが、陣屋内の役人の裁きはまた別だ」

「ああ……」

おばさは今にも気を失いそうだ。

「むろんなんらかの形で意見を問われたら、おばさの今申したことは伝えよう。何、連八郎がどんな男かは皆知っておる。それにな、かか衆のしたことについての責任は、何も亭主だけが負わされることはないだろう。実家の父御も罪は問われる。おちかは特に、勘定人格の江崎《えざき》の娘だ。軽はずみなことをしたものよ」

「身を粉《こ》にして、亭主が亡くなったあと働いて働いて、育てた息子の不幸、この胸が煮えまする。ああくやしや」

おばさは胸をかきむしり、

「あたしはね、常々おちかさに言い聞かせていたのです。お隣のお紀久さを見習えって……」

「おばさ……」

紀久は驚いた目を向けた。

「陣屋のかか衆の中には、お紀久さの態度をとやかくいう人もおりますが、私から見ればお紀久さは立派……鉄之助さには悪いけど、よくもよくも、日々の煙も立ちかねているというのに、公事人の妻としての才覚がおありだと……」

「おいおい、俺の甲斐性《かいしょう》を言ってるのか」

鉄之助は苦笑する。

「いいえ、そんなつもりはありません。この陣屋に暮らす者は皆暮らしに難儀しております。子をもてば、その子に不自由はさせたくない。老親がいれば孝行もしたい。かか衆にしてみれば、せめて人並みの身なりをしたいといつも悩みの種をかかえています。その気持ちをおさめておさめて、武士らしく生きるためには、よほどの強い覚悟が必要です。感心なことにこの渡部家は、それを身をもって示しています。男の着物を仕立て直して着て歩くお紀久さは、この陣屋のかか衆のお手本でございましょう。うちの嫁はその覚悟はなかったのですよ。若いですからね……どこかでタガが外れてしまったんでしょうかね」

おばさの愚痴はやみそうもない。

「それで、おちかさはどうしているのだ？」

鉄之助が訊いた。

「二階に上がって下りてきません」

「連八郎は……」

「布団を被って寝ていますよ」

「ふーむ」

鉄之助は腕を組んで紀久と顔を見合わせた。

まもなく陣屋の掟《おきて》を破った者たちへの制裁が行われた。

三人の男衆は陣屋追放、女衆は皆離縁され、亭主たちは監督不行き届きとして叱責を受け、女の親たちも期限を切っての出仕禁止を申し渡された。

竹中の家もおちかを離縁したのだが、本人は意外にけろっとしていて、紀久などは首を傾《かし》げたものだった。

救われたのは、不義として扱われなかったことだ。万が一そうなれば、どんなお咎めを受けることになっていたか。

おばさも連八郎も、胸をなで下ろしたのだった。

第十五章

九月に入ってから雨が多く、時には綿入れが欲しいほど寒い。

陣屋が管轄している土地の米は、今年も天候に恵まれず実りは良くないと報告を受けている。

そこで勘定人の鉄之助たちは、手分けして各地の米の様子を調べ上げなければならなくなった。慌ただしいことである。

桑名藩の柏崎陣屋の下級武士たちは、せいぜい陣屋が治める領内の米の出来高を心配するのが仕事だが、それでも各地で起きている不作凶作に端を発した騒動は耳に入ってくる。

三年前には天保の改革に関わった水野忠邦失脚の現場を目の当《ま》たり《あ》にした鉄之助だが、その水野は再度老中として召し出されたものの、再び失脚、水野忠邦に手を貸して蛮社《ばんしゃ》の獄といわれる蘭学者弾圧を行った鳥居耀蔵《ようぞう》も讃岐《さぬき》の丸亀に流されたと聞く。

また蛮社の獄で捕えられて小伝馬町《こでんまちょう》に入れられていた高野長英《ちょうえい》が牢屋《ろうや》の火事の切り放しに乗じて脱獄し、この柏崎からほど近い直江津《なおえつ》に潜伏しているという噂もあり、柏崎の陣屋には、

『右の者、江戸表において不届きの儀これあり、永牢仰せつけられまかりおり候《そうろう》ところ、先年六月牢屋敷出火の節、控の趣仰せられ後、切り放しにあいなり候ところ、その後立ち返り申さず……』

という手配書が廻って来、それには高野長英の人相書きも記されていた。

『歳は四十七、八位、丈高く、中肉より太り候方、色赤顔にて白き方、鼻高く、眼細く白眼のところきはみ候……』

長英は佐渡に渡るかもしれんなどという噂もあって、陣屋はいっとき緊張に包まれた。

そうでなくても、このところ、外国船があちこちに出没し、この越後の新潟湊沖でも外国の船を見たという者も出てきて、世情は不安定になっている。

また近々江戸表からは、金二千両を送れという命が届いており、鉄之助たちはその金を用意して、荷駄の出発も見届けなければならないのだ。

いくつ体があっても足りない程忙しい鉄之助だったが、やはり一番頭の中にあるの

は、紀久の出産のことだった。

医者の診たてでは、もうそろそろだろうということだったが、その言葉を貰ってからもう半月は経っている。

それなのに紀久は落ち着いたもので、せっせと綿の糸取りに精を出しているのだった。

「いい加減にしろ」

鉄之助が諫《いさ》めても、

「慎之介の袴着のお祝いをしてやりとうございます。それにこの子のお誕生、お七夜だってございます」

そう言って言うことを聞かないのだ。

案の定、昨日から紀久は肩こりと歯痛で、食事もとれなくなっている。

鉄之助は再び、家事からなにから子供たちの世話までしなければならず、また痛みに苦しんでいる紀久を見てほうっておくことも出来ず、肩を揉み、医者を呼びと忙しい。

だが今日は、昨日呼んだ柏崎の町医者の薬が効いたのか、歯の痛みは治まったようだった。

「もう内職はやめなさい」

鉄之助は紀久に言い聞かせ、子供二人を抱いて寝た。

だが、うとうとしたところで紀久に起こされた。

「おまえさま、大変です。水が……」

紀久は、出産の兆候が始まったと告げたのだ。

「何、まてまて、今用意をしてやるぞ」

鉄之助は飛び起きると、畳を上げ、藁《わら》を敷いて産床を作った。

それから隣のおばさを呼び、連八郎にも頼んで、取り上げ婆のおときを呼びにやった。

紀久は四人目の出産である。おばさが側にいてくれるという安心もあってか、落ち着いて襲われる陣痛に耐えている。

だが時折紀久が険しい顔で痛みを訴えると、子供たち二人は恐ろしくなったのか、八重は慄《おのの》く顔で目を見開き、慎之介は泣き出した。

鉄之助は連八郎が戻ると、二人を預かってもらった。

鉄之助の恐れは、たらつきである。出産の途中でたらつきになり、失神したりすれば母子とも危ない。

台所で湯を沸かしながら母子の無事を祈った。

明け方には、品川のかか衆登代、栗本のかか衆美津も手伝いに来てくれた。

時間が経つにつれ苦しげに呻く紀久に、

「しっかり……」

「大丈夫、皆ここにいますよ」

などと励ましてくれ、朝の陽ざしが軒下に伸びてきた頃、紀久は無事出産した。

「大きなお子です。元気な女の子ですよ」

おばさが布にくるんで鉄之助に見せた。

元気な赤子の顔を見て鉄之助はまずはほっとする。

鉄之助の頭の中には品川の末の子のことがあった。もう三歳になるのに、這うことも出来ないでいる。

「おとっさ、赤子は生まれたかえ」

連八郎に連れられて、八重と慎之介が戻って来た。

「子《こ》ん子《こ》、子ん子は俺の子ん子だ」

あれほど恐ろしさに耐えられず泣いた慎之介が、赤子に対面するや、しゃぶりつきそうに顔を寄せた。

「おめでとうございます」

朝を迎えると、次々に祝いの言葉を述べに人々がやって来る。

八重の守だったおゆきと亭主、慎之介の守だったお弓とその母親もやって来た。そして、おゆきもお弓も、紀久の世話や台所の仕事、それにお客の接待を手伝うために残ってくれる。

鉄之助は夜が明けるや、妻の出産のため出仕を控える旨を届け出た。妻の出産は不浄のものとされ、その夫は出仕を控えることになっているからだ。

ただ近々に検見に出かけることになっていただけに、出仕を控えるのは品川や他の勘定人に迷惑を掛けてしまう。

「申し訳ない」

祝いの言葉を述べにやってきた品川に鉄之助は謝った。

「何、お互い様だ、気にするな」

品川は言うた。その品川に慎之介は、

「俺は兄《あに》ちゃになったんだ。子ん子は俺の妹だぞ」

得意げに話すのである。

「慎之介は良い子じゃ。しっかり守ってあげるんだぞ」

微笑《ほほえ》んで品川が頭を撫でると、慎之介は大きく頷いて胸を張った。

押し寄せた祝い客が引き上げたのはまもなくのこと、一同は急いで朝食を取り始めた。だが、突然紀久がぐったりとなっているのにおばさが気付いて大騒動になる。

「たらつきです。お医者を呼んでください。私ではどうにもなりません」

産婆のおときがおろおろして言った。紀久は目を剝いていて、顔は真っ青になっている。

「出血も多いようです、早く！」

おばさの叫びで、鉄之助は医者を呼びに走り出た。

まもなく医者の処方で出血は治まったが、紀久の息は弱く、眼も虚《うつ》ろで、鉄之助は医者に翌日まで泊まってもらいたい旨頼む。

紀久は丸一日何度も気を失いかけたり、吐いたり、うわごとを言っていたが、翌早朝にはそれも落ち着きを見せ、

「大丈夫だな、もう案じることもあるまい」

医者にそう言わせた。

「ほんとに、今度はとても駄目だなと思いましたぞ」

おばさも、夜っぴいての介護で充血した目で鉄之助に囁《ささや》いた。

鉄之助は、皆が引き上げると、血の失せた顔で布団によりかかっている紀久の腕に、赤子を抱かせてやった。

「良い子に、元気に育てなければ……ねえ、おまえさま」

鉄之助の顔を見た紀久の頬は、陶器のように白かった。

その頬に、乱れた髪が落ちている。戦いのあげくに生き延びた武士のような、凄惨《せいさん》な感じがした。

思わず鉄之助は、

「お紀久……」

赤子を抱いている紀久の手を包むように握った。

「おまえさま……」

紀久は嬉しそうな顔を上げた。

「私、この子の名前を考えております」

「何、まことか？」

鉄之助が驚いて見つめ返すと、紀久は微笑みをみせて頷き、

「はい。女の子なら、りんと名付けたいと……」

「おう、りん、とな……良い名だ。良い名だ」

鉄之助は頷いた。

その後数日、鉄之助は赤子について久太夫に知らせる日記にこう書いた。

「小女（赤子）五香四帖飲ませる。早速カニばば（胎便）も出あげ候様子につき、広田のかか衆に乳付けて貰い、夕方にはお紀久の乳も少々出で候に付、飲ませ候。夜には栗本のかか衆に泊まり貰うて、折々乳飲ませて貰う」

と陣屋内のかか衆たちの惜しみない協力を記し、翌日には、

「お八重、守り致すとて大喜び。慎之介も大喜び。外へ長遊び致さず、子ん子、子ん子と申していろいろおもちゃを持って来て、子ん子にやるのだと申す。俺は子ん子の兄さだと申し、来る人来る人に吹聴いたし、今日も赤子が湯を使う時、慎之介外に遊び居候ところ、泣き声聞きつけ、子ん子なんだって泣かせる、兄ちゃが見たいって泣くのかへ、などと申して息せき切って飛んで帰ってくる。可愛くてこたえられぬと見え候……」

そう日記に書く鉄之助も可愛くて仕方がないようだ。夜は自分の懐《ふところ》に、りんを入れて眠るのだった。

鉄之助がりんを懐に横になると、慎之介がその横に赤子を労《いた》わるように寄り添って寝、八重も慎之介と重なるようにして寝る。

三人の寝姿を見詰めながら、紀久はしみじみと思った。

——これが幸せでなくてなんであろうか……。


この年の十一月は、渡部家にとって記念すべき日となった。

十一日には、おりんのお七夜のお祝いを行った。

本来なら生まれて七日目に行うのだが、産後の体調がよくなかった紀久の回復を待って十一月に延びてしまったのだ。

そして十五日には、慎之介の袴着の祝いを執り行うこととなった。

実は九月に桑名の久太夫から荷物がお役所に届いたのだが、その荷物に慎之介が袴着に着ける紋付きの反物が入っていたのだ。

もはや柏崎で祝うほかはあるまい……残念な気持ちも久太夫は添えて送ってきてくれたのだった。

「俺の祝いの紋付きだ」

反物を手に慎之介ははしゃぐ。

それを見た鉄之助は、江戸の知人で牧岡《まきおか》という人物に、急ぎ慎之介の大小を見繕って送ってくれるよう頼んだ。

慎之介の袴着は桑名でやろう……折に触れて鉄之助が漏らしていた言葉も叶わぬ夢となったのだった。

とはいえ、元気に育った倅の袴着、親にとって喜びでない筈がない。いよいよ陣屋でやると腹を決めれば歓びはひしと胸にせまる。

「慎之介、そなたの刀が届いたら、おとっさと寝るか」

鉄之助が心を弾ませて誘ってみると、

「寝る寝る、きっと寝る」

慎之介は声を張り上げる。

慎之介はそれから日に十ぺんほども「大小はいつ来るのだえ」などと聞き楽しみにしていたのだ。

そこへ江戸から刀が届いた。

「俺の刀だ、俺の刀だ。おとっさ、おかっさ、俺に似合うよ」

刀を腰に当てて小躍りしてはしゃぐ慎之介の嬉しそうな顔といったらない。

おばさもやって来て、鉄之助は送り状の説明を読み上げる。

「大小鍔《つば》は金覆輪《きんぷくりん》。柄は白鮫《しらさめ》、金目貫縁頭《きんめぬきふちがしら》赤銅《しゃくどう》まがえ、七子金《ななこきん》の梅の花付け鞘《さや》ろ色黒糸」

おばさが興奮して言う。

「これならば、一両の値打はありますね」

「それがおばさ、代金は百疋《ぴき》とある」

「まあ……やはりお江戸でございますね。この仕立てなら柏崎では倍の二分はかかりますよ」

「おばさ、こちらもご覧くださいませ」

紀久はおばさに、昨夜仕立て上がった紋付きを広げて見せる。

「慎之介の袴着のお祝いが出来るなんて夢のようでございます」

紀久の感慨はひとしおである。なにしろ桑名にいる長男の祝い事は何ひとつ親の手でやってやることは叶わないのだ。

「せめて慎之介のお祝いだけはやってあげたい、それが私の願いでございましたから……」

「そうでしょうとも、お紀久さ、おめでたいことです。お紀久さがこうして、まだ体が良いとはいえぬのに、一心不乱に縫いなさった晴れ着でございます。慎之介さも、きっとこの喜びは忘れないと存じますよ」

おばさは紀久にそう言うと、

「慎之介さ……こちらへおいでなされ」

慎之介を呼び寄せて、慎之介の両肩に手を添えて言った。

「立派なお侍におなりなされ。そして親孝行するのですよ」

「うん、分かってる。おばさ、おいらはね、おとっさのような立派なお侍になるんだ」

慎之介は胸を張ってみせる。

翌日慎之介の袴着の祝いは、紀久が賃仕事で貯めた金全て使って盛大に行った。

その晴れの様子を、鉄之助はこう記した。

『四ツ半お役所より帰り候、慎之介待ちわびており、すぐに髪を結うてやる。お八重にお弓の兄八十七《やそしち》を呼びにやり、慎之介に袴着せ八十七をつけて諏訪神社に参詣させ候。お八重は刀持ちしてついていく。道悪しく難儀なり。早朝よりおゆきほか手伝い参り、慎之介が諏訪から帰らぬうちに子供客参る。子供客九人なり。この日の酒の肴《さかな》としては、鉢に鱒とわらび、大平のっぺい、丼に数の子、丼に大根の白あい、大鉢にかぼちゃの切り身五品なり。膳は膾《なます》、はたはた、平おぼろ豆腐、こわめし、香の物。子供たち大喜び。夜の客はかか衆七人と連八郎、小使い八平。肴は昼と同様の内、鉢にほうぼう二匹にそうめん添え。めしはとう瓜、蒲鉾《かまぼこ》入汁、平おぼろ、大賑《おおにぎ》わいとなる。大慶、大安堵《あんど》致し』

陣屋の子供たちに祝いを述べられ、これまで見たこともないような慎之介のはしゃぎように、紀久はずっと頬を緩ませている。

集まって来た大人たちも、

「お紀久さま、おめでとうございます。なんとご立派な出で立ちでございましょう」

「ほんに、慎之介さはお父上に似て、頭脳明晰《めいせき》。御顔立ちも凜々しくていらっしゃる。先々が楽しみでございますね」

歯の浮くような言葉も、紀久には嬉しい。不調だった体のことも、どこかに飛んで行ってしまったようだ。

紀久は、子供たちの賑わいを眺めながら、桑名に胸の内を届けていた。

――父上様、母上様、お送り頂いた紋付きのなんと慎之介に似合うことでしょうか……今日一日で慎之介は大人になったように見えまする。慎之介が皆さまに囲まれて、お祝いを頂く晴れ姿を、ひとめ、ひとめ、ご覧いただきとうございました……。

渡部家の舅姑に思いを送ると、次には亡くなった実家の父と、紀久の暮らしを案じているであろう実家の母に思いを送った。

――父上様、母上様、紀久は今、幸せを噛みしめております。ご安心下さいませ。

第十六章

雪はここ数日、しんしんと降り続いていた。もう五日以上止むこともない。

「おう、五尺を超えたな」

御役所に出仕するために玄関の戸を開けた鉄之助は、声を上げて振り返って紀久に言った。

紀久も玄関まで出て、外を見た。なんと、雁木《がんぎ》のむこうに雪の壁が出来ている。

「今年は大雪だな。子供たちはなるだけ外には出さぬが良いぞ」

鉄之助はそう言って出かけて行った。

「お八重も慎之介も分かりましたね。なるだけおうちの中で遊びなさい」

紀久は八重の背中にりんを負ぶわせながら言った。

「おっかさ、俺は熱も咳もよくなったぜ」

慎之介が不満そうに言う。

「だめです。ぶりかえしたりしたら大変ですからね。それに、りんは咳をしています。外の冷たい風に当てるのは良くありません」

「じゃあ少しだけ、昨日栗本のおていさと作った雪だるまがどうなっているのか気になるから、それだけ見たら帰って来るから」

「雁木の外に出てはいけませんよ」

紀久が言い終わらぬうちに、二人は外に飛び出して行った。

紀久はたらいに湯を入れて、りんのおしめの洗濯にかかった。

この数日りんも風邪気味で咳もあり乳をあまり飲んでくれない。

医者にも診せたが、しばらく様子をみようということになっている。

——お乳さえしっかりと飲んでくれたら……。

あれこれ案じながら洗濯をしていると、

「おかっさ、ちょっと見て、りんの様子が……」

不安な顔をして八重が戻って来た。

「どれどれ……」

前垂れで手を拭いて、八重の背中に回ってりんを見た紀久は、

「りん！……りん！」

大声を上げた。

なんとりんは、お八重の背中でぐったりとしているではないか。

「八重、おろしなさい。早く！」

紀久はりんをお八重の体からむしりとるようにして下ろすと、

「りん！……りん！」

りんの頬をぴちゃぴちゃと叩くが、もうりんの反応は無かった。口の中に痰のような物が見える。

「お八重、おとっさを呼んできて」

紀久の叫びに反応する様に、八重は鉄之助を呼びに御役所に走った。

「りん、りん……目を開けなさい」

紀久はりんの体を揺さぶる。

「どうしたのだ……」

まもなく鉄之助が帰って来たが、

「やっ、これは……」

鉄之助は、すぐにおばさを呼び、医者を呼び、りんの死を確認した。

「痰がつまったようですな」

医者はそう言った。

「おまえさま、おまえさま、どうしたらよいのでしょうか。ああ、私がいけなかったのです。寝かせておけばよかったものを……」

紀久は反応の無いりんの体を揺さぶり続ける。

「いや、寝かせていても痰は詰まったに違いない。誰のせいでもない」

鉄之助が言い、りんの肌がもはやぬくもりを失っているのを指でなぞった。

紀久は、医者が死を告げて帰って行くと、りんを抱きかかえて呼び続け、

「りんが死ぬわけがございません。りんはついこの間、お七夜のお祝いをしたところではございませんか。私は許しません。ええ、許すものですか。りんが死んだなんて……りんはまだ生きています」

人々が集まって来ても、紀久はりんを抱いたまま、鉄之助に訴える。

「紀久、皆さまがお見舞いに参られておる。りんを下に寝かせてやりなさい」

鉄之助が言う。だが紀久は、青白い顔を鉄之助に向けて、

「りんは死んではおりません。ほら、ほら、みてごらんなさいまし、まだ温かいし、頬もほら、いつもとかわらぬりんですよ」

集まった人たちは顔を見合わせて痛々しい視線を送る。

おばさがそんな皆に囁くように言った。

「無理もない、あんなに苦労して産んだんだもの……たらつきで、死にそうになって産んだんだもの」

「紀久、お前の気持ちも分からない訳ではないが、もうどうしようもないのだよ。お前がそんなことでは、八重や慎之介はどうなるのだ」

「おまえさま」

紀久は、きっと鉄之助を見返すと、

「今、りんが生きているという証拠をご覧にいれます」

険しい口調で言い返し、急いで乳を出すと、

「ほら、りん、飲みなさい。おかっさの乳を飲みなさい……」

りんの口元に乳房を付けるが、りんはぐったりしたままだ。

「りん、何故、何故飲まないの……りん…りん……」

りんを呼びかける声はだんだんと小さくなり、そして、

「りん！……ああ！」

紀久は人目もはばからず、りんを抱いたまま泣き出した。

実家の父親の死を知らされた時から、紀久はなににつけても感情を抑えていた。ま

たそれが心を安くしていたのも確かで、穏やかな表情をしていた。

それが、今は乱心したように泣く。

「紀久……」

と紀久に何か言おうとした鉄之助を、おばさは制した。

「泣かせておやりなされ……」

おばさは紀久の側に寄ると、黙って座って、紀久の背中を撫で続けた。

鉄之助は陣屋の小使いを葬儀屋に走らせた。

ただ、桑名からやって来た渡部家に菩提寺は無い。

おばさが気を利かして、竹中の菩提寺本竜寺に話をつけてくれた。しかもおばさは、三十年ほど前に亡くした連八郎の弟の墓に埋葬するよう勧めてくれたのだ。

金の無い渡部家にとっては大助かりだったが、ただ雪が深くて今日のうちには穴は掘れぬという。

八重も事情が分かって泣き腫らしているし、慎之介は何度もりんの頬に自分の頬をくっつける。

二人もなかなか妹の死を受け入れられないようだった。

葬儀は翌日の四ツと決まり、いよいよ紀久も観念して「りんは寒かろう……」などと呟き、綿入れの着物と半こを着せてやる。

　この柏崎では、大人も赤子も葬儀の規模は同じらしく、座敷は弔問客でいっぱいになり、その接待の料理も緊急の出費となって、鉄之助は悲しみも悲しみだが、後の支払いに頭を悩ませる。

　りんの埋葬は、雪を掻き分けたその部分だけは土の色を見せていたが、一面雪の中で行われた。

「紀久、帰るぞ」

　鉄之助は雪の上に膝をつき、いつまでも泣き崩れている紀久の肩を、そっと叩いた。皆引き上げて、墓地には二人だけが残っている。

「そんなに泣いては、りんに笑われるぞ」

「おまえさま」

　紀久は、がばと鉄之助の胸にしがみ付いた。

「紀久……」

　鉄之助は、紀久の体を抱き留める。

　二人は、互いの冷えた体の奥の奥から、微かに互いの体温が伝わって来るのを感じとっていた。

鉄之助がぐいと力を入れて紀久を抱きしめる。その二人の肩に雪が降り注ぐ。雪は止みそうもなかった。

「紀久、行って参るぞ」

鉄之助は、弱々しい目を天井に向けている紀久にそういうと、おゆきを呼び寄せ、

「今日は八ツには帰れる。それまでに何かあったら呼んでくれ」

紀久に聞こえないように告げると御役所に向かった。

昨年りんが亡くなった時には、五尺もの雪が積もっていたが、年が明けると小雨が降ることが多くなり、二月に入ると根雪もほとんど解けて、あちらこちらに土の色が見え始めている。

――ようやく春を迎えた……。

鉄之助には、りんが亡くなってからの長く暗い道に、ようやく光が差す季節が到来したように思えてならない。

鉄之助は御役所に入ると勘定部屋に入り、机の前に座った。一番乗りのようだった。

「渡部さま、おはようございます」

小間使いがお茶を運んで来た。

「うむ」

陣屋のお茶は下等のお茶だが、温かいのがありがたい。両掌に茶碗を挟んで、冷えている手を温めながら、鉄之助はこの数か月の、目まぐるしく変わって行った紀久の容態を思い出していた。

昨年十一月、りんが亡くなってからというもの、紀久は体調を崩していたが、年末の節季払いも商人相手に難なくこなし、餅も家族総出でついたのだが、年が明けるとまた床につくようになった。

食事の量も極端に減っていって、近頃では食べると戻すようになっている。

顔色は青白く、頬の皮膚は薄くなり、髪も白髪が目立ち、これが三十路の女の有様かと、見守る鉄之助は心を痛めた。

そして、家事育児がまた鉄之助の役目になってしまったのだ。

おばさも気遣ってくれるし、おゆきやお弓も時折やって来てくれていたが、他人の善意にばかり頼る訳にはいかない。

とはいえ検見の仕事で長く家を空けることにでもなれば、たちまち子供二人と紀久を飢《う》え死にさせることになる。

下女でも雇わねばやっていけぬと、火の車の台所具合を勘定していたところ、桑名から手紙が届き、渡部家の窮状を知った紀久の実家の母が、紀久の妹を春になればよこしてくれるという朗報があった。

「ありがたいことだ、これで紀久も救われる」

二人で喜んだが、いずれにしたって、この柏崎の雪の季節が終わり、春が到来しなければ北国路に女の足では入れまい。

「何、それまでの辛抱だ」

鉄之助は紀久を慰め、自分にも言い聞かせたが、近頃になって急に紀久の容態が悪くなり、鉄之助はおゆきにしばらくの間助けてくれるように頼んだのだった。

医者は、りんを出産した時の、たらつきの後遺症が続いており、とりわけりんを亡くしたことで精神も病んでいて、それも本来の病に拍車をかけているのだという。

当面は傷んでいる胃を治す薬しかないというので、かかさずその薬を飲ませてはいるが、いっこうに効き目は見えない。

救いは子供二人が意外にしっかりしていることだった。

家事の手伝いもするし自分の身の回りのことは自分でする。そして紀久の前では健気にも明るく振る舞うのだった。

慎之介はこのところ、紀久の前で素読をするのが日課になっている。

大きな声で素読をすると、紀久が微笑んで、うんうん、よく出来ていると頷くのが嬉しいのだ。

――しかし……。

二月に入ると、紀久はとうとう起き上がるのもおっくうになり、厠《かわや》に行くのがやっとの状態。それを医者に話すと、

「他の医者にも診せてみてくだされ。私の手にはもう負えません」

などと無責任なことを言うのだった。

鉄之助は怒りに任せて、竈《かまど》の火を見ながら叫んでいた。

「藪《やぶ》医者め！」

――もう紀久は長くはないのか……いやいや、そんな筈がない。

鉄之助の心は千々に乱れるのだった。

何もしてやれない自分が腹立たしく思うのだ。

今紀久にしてやれることは、勤めから帰ると側に座って、桑名から送られて来た日記の中から、鐐之進の成長の様子を拾って読み聞かせることだけだ。

鉄之助は、大きくため息をついた。

その時だった。先ほどの小間使いがやって来て、

「渡部さま、御奉行様がお呼びでございます」

という。

――こまったな、出張と言われれば行かぬわけにはいかぬが……。

案じながら御奉行の前に参ると、なんと品川も来ているではないか。

「そなたたち二人に申し渡す」

畏《かしこ》まった顔で御奉行が申し渡したのは、

「品川十四郎を代官に命ずる。渡部鉄之助は、一石一人扶持を加増致す。以上だ」

なんと思いがけない昇進昇給の報せだった。

「十四郎……」

「鉄之助……」

二人は手を取り合って喜び合った。

鉄之助はすぐに小間使いの松平《まつへい》を呼び、

「よいか、すまぬが、これから今井屋に走ってもらいたい。今井屋のかかに、紀久に似合いそうな反物を持って参れとな」

「へい、承知いたしました」

立ち上がったのへ、更に、

「そうだな、出来れば梅の花が描かれているのがあれば、なおよいと伝えてくれ」

「はい」

松平が走り出ると、鉄之助はいったん家に帰って昇給のことを紀久に報せてやろうと立ち上がった。

だがそこに、おゆきが走りこんで来た。

「旦那さま、おかみさまの様子が……」

「何……」

鉄之助は走って家に帰って来た。

「紀久……」

枕もとに走り寄ると、紀久は弱々しい笑みをみせてくれたが、おゆきのいうように、やはり普段とは様子が違って見えた。

「おゆき、そなた、医者を呼んできてくれ」

おゆきに言いつけると、

「おまえさま、もういいのです。それより、桑名の手紙を読んで下さいませ」

紀久が言う。

「よし、分かった。読んで遣わす。読んでやるから、紀久、元気になるのだぞ。俺はたった今、加増の言葉をいただいてきた。その祝いにな、先ほどお前の着物を持ってくるように使いをやったのだ」

「まあ……」

紀久の頰が一瞬赤くなった。歓びが通り抜けたのだ。だが紀久は、

「勿体《もったい》のうございます。私はその言葉だけで幸せでございます」

涙がじわりと膨《ふく》れ上がってくる。

「勿体ないことがあるものか、お前がこれまで支えて来てくれた礼だ。とはいえ貧乏所帯、最初で最後かもしれぬぞ」

「ふふっ……」

紀久は細い指で目頭を押さえて笑うと、

「紀久は幸せものでございました。おまえさまのような立派な方の妻になれて……お礼を申します」

「ましたなどと馬鹿なことを申すな、礼は三十年早いぞ。よしよし、そんなに褒めてくれたのなら読んでやろう。よく聞くがよいぞ」

鉄之助はそう言うと、文机《ふづくえ》の上にある箱から、手紙の束を持って来て紀久の前に座った。

「読むぞ……」

儚げな紀久の顔に、おどけた調子で問う。

「はい……」

紀久も、知り合った時の、初々しい少女のような返事をした。

鉄之助は、ひとつ咳払いをすると、手当たり次第に桑名からの日記を読み始めた。

「鐐、門兵衛に連れられはぜ釣りに行くとて、おばばに今朝はまぐりと権蔵草履（乳《ち》と緒《お》を布で作った草履）を買うてもらう。おばば言うには、鐐は釣りから帰って来ると、おばば今帰ったぜ、これ見なへ、これほど釣って来たと言い、見れば一寸ほどくらいから四寸ほどくらいまでのはぜ取り混ぜて三十二匹あり。大方半分は門兵衛に貰うたのだろうと言えば、馬鹿いうな、みんなおれが釣ったのだ、嘘なら熊野の護王でもなんでも飲むと言いたげな。夜に門兵衛見へ候につき、承り候ところ、鐐が一人で釣り候よし」

「………」

紀久は目を瞑《つむ》って聞き入っている。

「夕飯過ぎ鐐之進召し連れ湯に行く。帰りに鐐、三、四間先へ歩き行く。六ツ（午後六時）過ぎのこと故、しかと見えず候ところ、犬に脇差を投げつけ候様子。急ぎ行き見候ところ、鐐は脇差を拾いながら、ええ気味してやった、という故、おのれ憎い奴、脇差を投げて、犬が向かってきたら何で叩く、阿呆奴が、といい追いかけると逃げ出し、隠れ、後ろよりついて来る。帰宅後おばばと両人して叱りつけそうらえば、よくよく自分が悪かったと思うたか、顔に手を当てすくんでいる」

「………」

「困った鐐だの……」

言いながら、鉄之助は紀久の顔色を見る。

紀久は眠っているように見えるが、

「ふむ……」

鉄之助は続ける。

「西風天気夜前寒し……紀久？」

鉄之助は読みかけて紀久に声を掛ける。

紀久は僅《わず》かに瞬きをした。

紀久には鉄之助の声は聞こえていた。聞こえていたが遠かった。

眠りこけそうになる紀久を、鉄之助の声は引き戻してくれるのだった。

鐐の様子を書いた言葉は、紀久の頭の中では、今そこに自分がいて、見ているように感じられるのだ。

　鉄之助がまた読み始めた。

「鐐の着物を片付けるとてちょっと見た所、襟方のところ五寸ほど破れ、脇の下も八寸ほど引き裂きあり。おばばもびっくり致し、これはまた何したことじゃ情けないことをしおったぞ。昨日の晩袷を着やれと言うたら、ついぞない事に、あいっと返事してすぐに来て着替えた様子、なぜ破れたら破れた御免なさいとあやまらずかくしておいた憎い奴……？」

　鉄之助は読むのを止めて、

「紀久！」

　紀久を呼んだ。

　紀久は聞こえているのかいないのか、うわごとのように言った。

「おまえさま……番神の梅が咲きました……」

「何……」

　鉄之助は手紙を置いて、ぎょっとする。

「紀久、紀久……」

　鉄之助は声を荒らげて紀久を呼ぶ。

だが、紀久の脳裏には、番神堂から見えるはるかな海と、その海を眺めるように立つ梅の木の枝に、白い梅の花が陽の光に輝いているのが見えている。

そこへ今井屋のおいねがやって来た。手には反物の包を抱えている。

「お紀久さま……」

「今井屋、見せてやってくれ、その反物を……」

「これは……」

おいねは飛び上がるようにして部屋に入り、

「お紀久さま！……」

一瞬紀久の顔が華やいで見えた。大きな声で呼びかけると、慌てて反物を出し、紀久の体に掛けるようにさあっと広げた。

鶯《うぐいす》色の布地に、白梅を散らした美しい反物だった。

すると、紀久の瞼《まぶた》が僅かに動いた。

目元に涙が光るのが見える。

紀久の脳裏には今、柏崎の田植え歌が聞こえていた。

米山さんに陽が差せば

揃いの菅笠　揃いのたすき
赤い二布の早乙女の歌ひびくよ
昨日まいた種が今日は苗になり
今日植えた苗は明日は稲穂となる
来てくらっしゃれ　田の神さま
見てくらっしゃれ　田の神さま
今年も豊年　米千石のみのりなり

早乙女の中にはお信の姿がみえ、紀久ににこっと笑って手を振っている。
紀久も大きく手をふった。
土手には鉄之助の姿も見え、子供たちが嬉しくて走りまわる姿も見える。
おばさも、連八郎も、陣屋の者たちも、皆豊作を喜んでいるのだった。
「紀久、紀久……」
鉄之助は呼び続ける。
もはや紀久から反応は無い。ただ紀久の口もとが、うっすらと微笑んだように見えた。

「紀久！」

鉄之助は叫んだ。

――目を開けてくれ、おまえの着物だ、見てくれ紀久……。

鉄之助の目に、血の色に染まった涙がふくれあがった。

紀久にはこの時梅の花が見えていたのだ。

――番神堂の梅の木に白い可憐な花が、あちらにもこちらにも凛として咲き、海の風を涼しげに受けているのが――


丁度その頃、番神堂の庭では、おくらも梅の木を見上げていた。

白梅が、あの枝にも、この枝にも咲いているのを見つけたのだ。

「お紀久さま、咲きましたよ。やっと咲きました．願いが叶いましたね」

おくらは、柏崎陣屋に向かって言った。

弥助が駆けて帰ってきた。

「おばば、梅の花、俺が届けるよ」

「そうだね、そうしておくれ」

おくらは一枝を手折《たお》って、

「花を落としちゃだめだよ」

弥助に注意する。

「任せとけって、一輪も落とすものか」

弥助はそう言うと番神堂を駆け出した。

参考文献

『柏崎日記』渡部勝之助著　澤下春男・澤下能親校訂　柏崎市立図書館所蔵
『桑名日記』渡部平太夫著　澤下春男・澤下能親校訂　桑名市立図書館所蔵
『桑名日記・柏崎日記（抄）』日本庶民生活史料集成第十五巻　三一書房
『桑名の星影「桑名日記」より』渡辺夸任子・高橋昭彦
　ヒューマンドキュメント社
『柏崎日記「わが愛する先祖の貧乏日記」』渡辺夸任子
　ヒューマンドキュメント社
『桑名藩矢部駿河守預り関係史料』桑名市博物館編
『「柏崎日記」に見る食風景　幕末下級武士の喰倒れ日記』田中一郎
　新潟日報事業社
『誇り、語り継いでいきたい「柏崎陣屋」』徳原哲二　大洲地区振興会
『下級武士の米日記　桑名・柏崎の仕事と暮らし』加藤淳子　平凡社新書
『幕末転勤傳　桑名藩・勘定人渡部勝之助の日記』本間寛治　エフエー出版
『幕末父子傳　桑名・柏崎を結ぶ家族日記』本間寛治　エフエー出版

「近世産育書における胎毒とその看護『柏崎日記』を手がかりに」
日本看護歴史学会誌25　島野裕子
『「柏崎日記」順路と概略』平原順二　柏崎市立図書館所蔵
「桑名・柏崎日記に現れた児童発達と家族と生活（1）・（2）」小嶋秀夫
名古屋大学教育学部紀要　教育心理学科33・34
「日本の伝統的育児文化と人間形成（2）桑名・柏崎日記を素材として」
小林梨花　人間文化研究所紀要7
「茸狩にみる近世地方都市の行楽」小野佐和子　造園雑誌55
『柏崎市史』中巻　柏崎市史編さん委員会編　柏崎市立図書館所蔵

解　説

雨宮由希夫

平成十四年（二〇〇二）に「隅田川御用帳」シリーズの第一巻『雁の宿』でデビューした藤原緋沙子《ふじわらひさこ》は時代小説家の印象が強いかもしれないが、歴史小説でも寡作ながら傑作を発表している。昨年上梓《じょうし》された、幕末の土佐に生きた天才絵師絵金を主人公とした作品『絵師金蔵　赤色浄土』（祥伝社）も、その一冊である。絵金は狩野派の絵師ながら狩野派とは異なる画風の芝居絵屏風《びょうぶ》、絵馬提灯《ちょうちん》などを残し、絵師金蔵という意味の「絵金さん」の愛称で親しまれたが史料が乏しいため〝謎の絵師〟とも呼ばれた。絵金と土佐勤王党、武市半平太との関わりなどが、作者の自在な構想力によって見事に造形され、謎多い絵金の生涯に迫っている。高知県出身の作家・藤原緋沙子の作家生活二十周年を記念するにふさわしい歴史小説である。

本書『番神の梅』は天保年間に桑名藩（三重県桑名市）の飛び地（分領）であった越後柏崎（新潟県柏崎市）の陣屋が舞台で、同藩の下級武士の父子が綴《つづ》った『桑名日記』『柏崎日記』を元に、独自の物語を構築した歴史小説である。

天保《てんぽう》十年（一八三九）、久松松平家《ひさまつまつだいらけ》桑名藩の下級武士・渡部勝之助《わたなべかつのすけ》（一八〇二－一八六四）は柏崎へ、突如、勘定人として赴任するよう命ぜられる。この時、勝之助夫婦には三歳になる長男鐐之助《りょうのすけ》がいたが、養父の渡部平大夫《へいだゆう》と協議し鐐之助を桑名にとどめおくことにする。桑名と柏崎に遠く離れて暮すことになった親子は、それぞれに執筆された日記をほぼ十年に亘《わた》り交換する。

柏崎には桑名藩十一万石の飛び地があり、本藩桑名の総石高の半分以上の六万石を占めていた。柏崎二百二十一ケ村を支配すべく設けられた総坪数九千坪の広さの柏崎陣屋には六十人前後の桑名藩士が常駐した。彼らは桑名から遠く離れ、日本海と鵜川《うかわ》という川に囲まれた高台に要塞のように聳《そび》え立つ陣屋の中に居住した。

陣屋の近くの番神堂《ばんじんどう》は柏崎西北の岬の高台に建つ日蓮宗の霊場である。

時代背景を概観しておきたい。

天保八年（一八三七）二月に大塩平八郎の乱がおこる。天保初年、連年のように天災による飢饉《ききん》が続き、大坂市中にも餓死者が続出するほどの惨状が現出した。元大坂町奉行与力の大塩平八郎は政道の腐敗と無策を憤《いきどお》り、窮民《きゅうみん》救済を唱えて蜂起《ほうき》した。

柏崎騒動ともいう生田萬《いくたよろず》の乱は大塩の乱の影響をうけた事件で、その年の五月三十日、国学者の生田萬が天保飢饉にあえぐ柏崎領民を救うべく同志を募り、柏崎陣屋を襲撃したが失敗し、自刃した事件である。

幕末の桑名藩がたどった運命についても触れておきたい。

柏崎は戊辰《ぼしん》戦争の激戦地となった。元治元年（一八六四）四月京都所司代となり、実兄の京都守護職松平容保《かたもり》（会津藩主）と共に京都の治安維持に努めた桑名藩主の松平定敬《さだあき》（一八四七－一九〇八）は鳥羽伏見の戦いの直後、藩論が恭順に傾いた桑名の本藩が藩主定敬に無断で征討軍に城を明け渡したため、桑名に帰ることができなくなった。定敬は柏崎で官軍に抗する他なかったのである。奥山景布子《おくやまきょうこ》の『流転の中将』（PHP研究所、二〇二一年刊）は賊軍の汚名を被りつつも北陸、会津、仙台、箱館と戊辰戦争を戦い抜いた定敬の波瀾万丈《はらんばんじょう》の後半生を活写した歴史小説である。

さて、本題に入ろう。

本書の主人公の渡部鉄之助《てつのすけ》は、幕末維新の激動の時代でなければ、桑名城下で静かに一生を終えたであろう下級武士で実在の人物・渡部勝之助をモデルにしている。

以下、本書の主人公の鉄之助は実在の人物勝之助の人生にそって造形され物語られる。ちなみに妻の紀久は実在の「きく」である。

桑名本藩では柏崎勤務を〝島流し〟と称して嫌っている。下級武士には帰任の保証はなかったので、柏崎で一生過ごさねばならないと覚悟せざるを得なかった。鉄之助・紀久夫婦を待ちうけていたのは北国の厳しい自然風土と、厳しい陣屋の暮らしだった。

「勘定人」たる鉄之助の最初の大仕事は「検見《けみ》」。稲の生育状況を調べ、その年の米の収穫高を予測し年貢高を決める役務で、担っている責務は重く、それに比して俸給は少なかった。台所事情は常に火の車で、紀久は事あるごとに、貧困を怨む言葉を勘定や検見の仕事に忙殺される夫に並べる。

陣屋では、新任者が慣れ親しむようにという知恵から生まれた「同役振る舞い」や「女振る舞い」という招宴のしきたりがあった。家計圧迫の元凶の最たるものはこの招宴であった。また紀久は年中、病から逃れられず、精神も病んで、全身的な体力も衰退していく。

それらはまさしく陣屋に勤める下級役人の生活の現実であったのだ。かたや、望郷の念は幾度となく燃え上がる。桑名帰藩へのわずかな希望と失望、戸惑いと期待……。これでもか、これでもかと繰り返す、その描写は読むに堪えない。

本書の読みどころは「今井屋」のおいね、竹中家の「おばさ」、番神堂の粂蔵・おくら夫婦（『隅田川御用帳（十七）寒椿』にも登場）など鉄之助夫妻が出会ったかけがえのない人々、脇を固める彼らの人物造形の妙である。出会いの演出が実に素晴らしく、どんな脇役の人生も決しておろそかにしない筆さばきには脱帽を禁じ得ない。

わけても、世間に疎い紀久にとって「お信」の存在は物語の核となっていく。

紀久は野菜など季節のものを陣屋に売りに来るお信を通じて、鉄之助の赴任二年前に起こった生田萬の乱の「真実」を知る。

乱の標的は柏崎陣屋とされた。乱はあえなく潰されたが、陣屋側は死者三人、重傷者多数を出し、生田側も萬の外五人の死者が出た。

紀久は夫に陣屋詰めの藩命が下ったのは乱によって陣屋の者に死傷者が出たことで人員の補充が必要であることが遠因であるらしいと聞かされていた。また、乱の後始末としての本藩による賞罰は明らさまな家格による分け隔てがあり、同役でも責任を取らされるのは「舞台格」（他藩でいう下士）のような下級藩士ばかりであったと、夫は憤りを隠さなかった。

お信は語る。「生田さまは、こちらの陣屋を襲いましたけれど、それは不満のはけ口の的が、たまたまこの柏崎の陣屋だった」と。

お信はあの乱が正しかったとは思っていないらしいが、紀久はお信が生田家で女中をしていただけで、陣屋の女たちに白い目で見られ、世間からのけ者にされている、その理不尽さを見逃せなかった。

生田の妻鎬《こう》は牢内で二人の我が子を絞殺して自害して果てたが、役人に召し取りになる時、鎬はお信に「生田の妻で幸せでございました」と言い残して縛《ばく》に就《つ》いたという。

やがておとずれるお信の死。物売りから飯盛り女と蔑《さげす》まれる身分に落ちたお信はさまざまな苦難に遭いながらも、ありのままを受け入れて生きた、その最期の潔《いさぎよ》さ。鎬とお信の二人に恥じ入る紀久。だが紀久にも最期の時が訪れる。人は生きている限り、不運や障害も生まれ続けて絶えることはない。幼子を亡くすも、〈凜として〉生きようとするも病に斃《たお》れる。紀久の無念。鉄之助の無念……。〈凜として〉咲く白梅の気高さ。紀久が夢見た番神堂の白梅はやがて花を咲かせる……。何と美しく〈凜として〉切ない物語であることか。

もともと、生きることの哀歓漂い、抒情性《じょじょうせい》に溢《あふ》れた彫りの深い人物造形に定評がある作家による作品であるが、「お信」という女性を造形し、お信と紀久の交情を通してかの時代を照射し、生田萬が問いかけたものの意味を問うという離れ業を成し遂げている。かくして、幕末まぢかの時代相を作中に盛り込むことに成功し、通り一遍の歴史小説とは別種の趣《おもむき》を持った作品に仕上がっている。

本書によっても、藤原緋沙子が史料を渉猟《しょうりょう》し、独自の解釈と着想で、〝時代小説〟の衣裳を着せつつ、史実を超えた物語を立ち上げていくことを小説作法としている歴史小説作家であることがお分かりかと思う。

蛇足ながら、主人公のモデルとなった渡部勝之助の「その後のこと」に触れておきたい。

物語では、弘化《こうか》二年（一八四五）十一月の次女りんの死後、まもなく紀久は死亡したと読めるが、実在の勝之助や妻きくの生没年は以下の如《ごと》くである。

安政《あんせい》元年（一八五四）十月二十四日　きく　柏崎にて死す　三十九歳
元治《げんじ》元年（一八六四）十二月十二日　勝之助　柏崎にて死す　六十二歳

勝之助の死は「明治維新」の四年前のことであった。柏崎で戊辰戦争に巻き込まれるのは勝之助ではなく、勝之助の次男の真吾（小説では慎之助）であった。この真吾により、『桑名日記』『柏崎日記』は私たちに伝えられることになる。

二〇二四年三月

本書は2018年3月に刊行された徳間文庫の新装版です。

徳間文庫

番《ばん》神《じん》の梅《うめ》

〈新装版〉

2024年4月15日　初刷

著者　藤《ふじ》原《わら》緋《ひ》沙《さ》子《こ》

発行者　小宮英行

発行所　株式会社徳間書店

東京都品川区上大崎三―一―一　〒141―8202

目黒セントラルスクエア

電話　編集〇三(五四〇三)四三四九
　　　販売〇四九(二九三)五五二一

振替　〇〇一四〇―〇―四四三九二

印刷
製本　大日本印刷株式会社

ISBN978-4-19-894939-6　(乱丁、落丁本はお取りかえいたします)

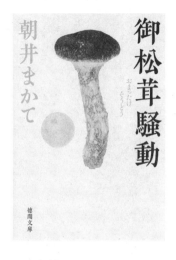

徳間文庫の好評既刊

澤田瞳子

関越えの夜

東海道浮世がたり

東海道の要所、箱根《はこね》山。両親と兄弟を流行《はや》り風邪《かぜ》で亡くしたおさきは、引き取られた叔母にこき使われ、急峻を登る旅人の荷を運び日銭を稼いでいる。ある日、人探しのため西へ赴《おもむ》くという若侍に、おさきは界隈《かいわい》の案内を頼まれる。旅人は先を急ぐものだが、侍はここ数日この坂にとどまっていた。関越えをためらう理由は……(表題作)。東海道を行き交う人々の喜怒哀楽を静謐《せいひつ》な筆致で描く連作集。